Michael Göbel

Märchen auf Ruhrpottisch
Band 5

Grimms Märchen, umgeschrieben ins Ruhrpott-Deutsch

Bibliografische Information der Deutschen Nationalbibliothek:
Die Deutsche Nationalbibliothek verzeichnet diese Publikation
in der Deutschen Nationalbibliografie; detaillierte bibliografische
Daten sind im Internet über abrufbar.

Cover Foto: Pixabay
Herausgeber: Manuela Göbel
Autor: Michael Göbel
Illustration: Lizenzfreie Bilder
Nach Vorlage: Kinder und Hausmärchen der Gebrüder Grimm

Herstellung und Verlag:
BoD – Books on Demand, Norderstedt

ISBN: 9783748183884

Inhaltsverzeichnis

Einleitung

Hömma, easma vieln Dank füa euja Vatraun un weita vel Bock an meine Mäachenbüüskes. Ker, wat binnich übbawälticht, datta imma noch so anne Mäachens hängn tut. In diesn fünftn Band habbich ma widda fuffzenn Mäachen füa euch, vonne Gebrüüda Grimm zusammgetraagn un se inz pöttische umgeschrieem. Hömma, mittlaweile sin et ja schonn fümmunsibbzich Mäachen ausse Sammlunk vonne Gebrüda Grimm, die ich inz pöttische umgemuddlt hap un et macht mich imma noch mächtich Spässken, weisse.

De neujen Mäachen sin zwaa nich mehr de bekanntestn, abba se sin ächt töfte hömma. Ker, de Gebrüüda Grimm ham noch so viele Mäachen in Petto, da kannich bestimmt nomma fünf Mäachenbände rausbringn machn.
Hömma, ich hoff, datta au weita de Mäachens treu bleibm tut un se bei Bekannte, bei euch inne Mischpooke oda euren Froindn weitaempfeehln wüadet. Ker, au meine Fänbäiß bei Fääßbukk hat schonn mächtich zugenomm un et wüad mich freun tun, wennse weitahin noch mächtich waxzn tääte.
So, ich wünsch euch damma viel Froide un Spässken anne fuffzenn Mäachen in dem Büüchsken un pass mich ja guut auf, datte dich im Mäachenwald nich valaufm tuhs, denn der bööse Wolf waatet nich lange un schwuppz bisse wech, woll.

Ich hoff, datte beim näästn Band au widda mit vonne Paatie biss, also bis denne. Weisse Bescheit, nä!

Liebe Grüßkes un Glück auf
Euja Micha

De zwei Brüda

Hömma, et waan eima zwei Brüda, eina davon waan´ Krösus un sehr reich un der andre, ne ganz aame Socke, weisse. Der reiche wa von Beruf Goldschmied un aag grantich von Heazn; der aame näährte sich davon, datta Beesens band un wa guut un redlich. Der aame hatte zwei Blagn, dat waan Zwillinge weisse un se waan sich so äähnlich wie ein Troppm Wassa dem andan. De beidn Bengl vom aamen ging ap un an in det Reichn Seegas sein Haus, eahieltn manchetma von dem sein Abfall wat zu futtern. Et truch sich einet Tach zu, dat der aame Kerl, alza innen Wald laatschte, um Reisich zu holn, nen Vögelken sah, der ganz goldn un so schön wa, wie ihm noch nie eina vore Klüüsn gekomm is. Da hoopa ein Steinken auf un waaf nach dem Vieh, traaf ihm au glücklich; abba et fieln nua goldne Feederns hearap weisse, dat Vögelke machte de Biege un flooch davon. Der aame Kerl nahm de Federns un brachte se sein reichn Bruda, der glotzte se an un sachte dann: „Hömma Brüdaken, dat is eitel äächtet Gold, weisse!´´,

un gaap ihn ne Menge Kohle dafüa. Am andan Tach stiech der Kerl auffe Biiake un wollte ein paar Ääste aphaun, da flooch dat selbe Vögelke an ihm voarübba un alsa et nachsuchte, fanta n´ Nest un nahm da dat Ei raus mit, wat darinne am liegn wa un brachte et sein reichn Bruda un der sprach widdarum: „Hömma Brüdaken, dat is eitel ächtet Gold, weisse!´´

un gaap ihn, wat et wert wa un sachte zuletzt darauf: „Ker, dat Vögelke selba möcht` ich wohl habm wolln.´´

Der aame Kerl laatschte zum drittn ma innen Wald un sah dat Goldvögelke widda auffm Bäumken am sitzn, nahm abbamalz

7

ein Steinke un waaf nach dem; diesm traafa dat Feedavieh un et fiel hearap, brachte et sein Bruda un bekam n´ Haufen Kohle dafüa.

„Weisse wat, nun kann ich mich selba fort helfm", dachta beisich un laatschte vagnücht na Hause.

Ker, abba der Goldschmied wa ächt abgezockt weisse, denn er wusste ja wohl, wat dat fürn Vögelke wa.

Er rief nach seina Else un sachte dann zu se:

„Hömma Olle, braat mich ma den Voogl un soage dafüa, dat davon nix wechkommt, denn ich hap Bock, den ganz alleine zu veaspachtln."

Hömma, dat Vögelke wa abba kein gewöhlichet Feedavieh, weisse. Et wa vonne ganz wundabaan Art, denn wea sein Heaz un Leeba von ihm aaß, jeedn Moaang ein Goldstücksken unta sein Koppkissn fant, woll! De Olle machte ihrm Seega also dat Feedavieh zurecht, steckte dem auffm Spieß un ließ ihn langsam im Oofm am brutzln.

Nun geschah et, dat wäährend er auffm Feuja stand un de Olle wegn andra Malooche de Küche valassn musste, de zwai Blagn det aamen Beesnbindas reinlaatschtn, sich wacka den Spieß schnapptn un den paarma rumdrehtn. Un alz grade ma so zwei Stücksken ausse Pfanne fieln, der eine Bengl sprach:

„Ker hömma Brüdaken, de paar Bissn wolln wa vaspachtl tun, ich hap son Kohldamf, dat wiad schonn keina meakn, woll."

Hömma, da hammse de beidn Stückskes aufgefuttert un alz de Olle zurück kam, sah se, dat de Blaagn wat am vaspachtln waan un sachte zu ihnen: „Ker, wat happta da gefuttert?"

„Nix, nua paar Stückskes, de aussm Feedavieh rausgefalln sin", antwoatetn se.

„Dat wa dat Heaz un de Leeba geweesn hömma",

sprach de Olle ganz easchrockn un damit ihr Kerl nix vamissn un nich grantich wuade, schlachtete se wacka ein Hähnken, nahm Heaz un Leeba hearaus un leechte et zurem Goldvogl. Alza dann gaa wa, truch se den Goldschmied auf, der dat Vieh ganz allein vaspachtlte un nix übbrichließ. Am andan Moaang abba, alza unta sein Koppkissn griff, glozte er dumm ausse Wäsche, denn er dachte Goldstückskes zu findn, abba da wa so wenich darunna, wie sonnzt auch.

Hömma, de beidn Blaagn wusstn abba nich, wat ihnen füa ein Glück zuteil gewoadn wa, denn am Moagn, alz se aufstandn, fiel mitma wat aufm Boodn un klinglte un alz se et aufhoobm da waan et zwei Goldstückskes un die brachtn se ihrn Vadda, der wundate sich un sprach dann:

„Ker, wo kommt dattn hea, wie isset nua zugegang?"

Alz de Blaagn ein Tach späta widda Moagnz ausse Fuarzmolle hüpptn, da fandn se widda zwei Goldtalas un imma weita, Tach um Tach. Da laatschte der aame Beesnbinda zu sein reichn Bruda dem Goldschmied un eazählte ihm de Schote. Der Goldschmied meakte gleich, wie et gekomm wa un dat de Rotzblagn dat Heaz un de Leeba vom Goldvogl veaputzt hattn un um sich zu rächn un weila neidisch un haatheazich wa, spracha zu deren Vatta:

„Hömma mein Bruda, deine Görn sin mittn Bösn im Spiel, weisse. Nimm dat Gold vonne Blagn jaanich an un jaachse wacka aussm Haus, denn der Deibl hat Macht übba se bekomm un kann dich selbzt inz vadeabm treibm!"

Der Vadda hatte Muffe voam Bösn un so schwea et ihm au tat, füahrte er de Zwillinge hinaus innen Wald un verließ se da mit

9

traurign Heazn. Nun liefm de beidn Blaagn im Wald umhea un suchtn den Weech na Haus, abba se fanden ihn nich, sondann vairrtn sich imma tiefa im Wald.

Entzlich begeechnetetn se nen Jääga, der fraachte de Görn: „Hömma, wat machta allein im tiefm un dunklen Wald, wo kommta hea, wo seita wech?"

„Ker, wir sin de Bengls vom aam Beesnbinda weisse",

gaabm se zua Antwoat un quassltn munta weita, dat ihr Vadda nich mehr wolle un se nich mehr länga de Quantn untam Tisch stelln solltn un datta se nich länga in sein Haus haabm wollte, weil alle Moaang, nen Goldstücksken unterm Koppkissn lääge.

„Nun", sacht der Jääga, „dat is grade nix Schlimmet hömma, wenna dabei nua rechtschaffmt bleibm tut un euch nich auffe faule Haut leecht."

Hömma, da der Jäägaskerl keine eignen Blagn hatte un se ihm so töfte gefieln, nahma se mit nach sich na Hause un sprach zu ihnen:

„Ker, ich will ap getz euja Vadda sein un euch großziehn tun."

Hömma, de Blaagn leantn beim Jääga de Jäägarei un dat Goldstücksken, wat de Görn moagns untam Koppkissn hattn, hoopa ihnen auf, wenn se et inne Zukunft nötich hättn, weisse. Alzse hearangewachsn waan, nahm se ihr Pflegevadda einet Tachs mit innen Wald un sachte: „So meine Bengls, heute sollta ma eujan eastn Probeschuss machn tun, damit ich euch zum Jääga machn un euch inne Welt hinauslassn kann."

Also gingen se mit ihm auffm Anstand un waatetn mächtich lange, abba et kam kein Wild det Weechs voabei. Der Jääga sah übba sich inne Luft un sah ne Kette von Schneegänse innne Gestalt einet Dreiecks am fliegn machn, da sachta zu dem ein Bengl:
„Hömma, nimma de Büchse nun schiess ma wacka von jeeda Ecke eine runna.“

Dat tat der Bengl un vollbrachte damit sein Probeschuss. Bald darauf kam noch sonne Kette an Gänse gefoogn un hatte de Gestalt vonne Ziffa Zwei; da hieß der Jääga dem andren Bengl an sein Probeschuss zu vollbring, indema au von jeda Ecke ein runnaholte. Nun sachte der Pflegevadda:
„Hömma wissta wat?, ich sprech euch frei, ihr seid ausgeleante Jäägasleut, wissta Bescheit, nä.“

Darauf gingn de beidn Brüdas innem Wald, beratschlachtn un vaabredetn etwat un alz se aahms sich zum futtern am Tisch setztn, sachtn se zu ihrn Pflegevadda:
„Ey Vadda, wir rührn dat Futta nich an un nehm au kein Bissn zu unz, bevoar du unz nich ne Bitte gewäährst!“

„Ker, wat issn eure Bitte?“

fraachte der Jääga un se antwoatetn:
„Weisse wat Vadda, wir hamm nun ausgeleant un wir müssn unz getz auma inne weite Welt veasuchn, so erlaupt unz getz, fortzuziehn.“

Da sprach der Jääga mit Freudn:
„Ker hömma, ihr quatscht schonn wie ächte Jäägasleut, wat euch begehrt, is au mein eigna Heaznswunsch geweesn, wissta;

11

zieht ruhich inne dreckige Welt rum un et wiad euch wohl ergehn tun.“

Darauf spachteltn un soffm fröhlich Fuusl zusamm. Alz nun der bestimmte Tach kam, schänkte der Pflegevadda jeedm ne gute Büchse, ein Köta un ließ jeedm von seine gespaatn Goldstückskes soviel nehm tun, wiese wolltn. Er begleitete se noch ein Stücksken det Weechs un zum Abschied gaapa jedn von ihnen noch´n blankn Zachl mit un sachte:
„Hömma, wenna euch ma trenn tut nä, so stoßt den Zachl am Scheideweech in nem Bäumken, denn daran kann eina, wenna zurückkommt, sehn tun, wie et sein abwesendn Bruda eagangn is, denn de Seite, nach welcha er ausgezoogn is, rostet, wenna stiiabt, abba solange er am leehm is, beibt se blank, woll.“

De zwei Brüda laatschtn also imma weita fort un kamen innen Wald, der wa so mächtich groß hömma, dat se unmöchlich in ein Tach Fussmaasch hearauskonntn. Also bliebm se ne Nacht drinnen un futtertn wat se sich in ihre Jäägatäsch gesteckt hattn; se laatschtn moagnz weita, abba kam am zweitn Tach, bis zum Aahmt nonnich raus weisse!
Da se abba au nix mehr zu spachtln hattn, so sachte der eine:
„Ker, da müssn wa unz getz ma wacka wat schießn tun, ker, ich ich brauch wat zwischn de Kiiem, ich happm Kohldampf un will nich vakohldampfm“, sah sich um, lud de Büchse un leechte an, abba dat Häsken rief:
„Lieba Jääga, laß mich am leem, ich will dich au zwei Junge geehm!“

Hüppte sogleich inz Gebüsch un brachte zwei Junge; de Jungn spieltn abba so munta un waan so aatich, dat de Jäägas de Tiiackes nix böset antun un se nich tötn konntn.

Also behieltn se se bei sich un de mickrign Häskes folchtn ihnen auffm Quantn nach. Bald darauf schlich ein Fuchs vobbei, den wolltn se abmurxen, abba der Fuchs rief:
„Ker, lieba Jääga, laß mich am leem, ich will dich au zwei Junge geehm!"

Da brachte der Fuchs ihnen au zwei junge Füchskes un de Jäägas mochtn de Viechas un wolltn se au nich tötn machn un gaabm se den Häsken zua Gesellschaft un se folchtn ihnen alle nach. Hömma, nich lange, so schritt nen Wolf aussm Dickkicht, de Jäägas leechtn auf den an, abba au der Wolf rief:
„Ker, lieba Jääga, laß mich am leem, ich will dich au zwei Junge geehm!"

De beidn jungen Wölfkes tatn de Jäägas zure andren Tiiare un alle folchtn ihnen nach, weissee. Darauf kam ein Bäar, der wollte geane noch länga hearuntappzn un rief:
„Ker, lieba Jääga, laß mich am leem, ich will dich au zwei Jungc gcehm!"

De beidn jungen un mickrign Bäarkes wuadn zure andrcn Viecha gestellt un waan ihra schonn acht. Entzlich, wer kam? Ein Löwe kam un schüttlte seine Määhne, abba de Jäägas ließn sich nich Bange machn un zieltn auf ihm; abba der Löwe sprach gleichfallz:
„Ker, lieba Jääga, laß mich am leem, ich will dich au zwei Junge geehm!"

Da holte au der Löwe zwei Junge heabei de Jäägas hattn nun zwei Löwn, zwei Bäarn, zwei Wolfsjunge, zwei Füchskes un zwei Kannickl, ääh Häsken, die ihnen nachlaatschtn un dientn, wohinse au gingn.

Der Kohldampf wa damit nich gestillt, denn der Maagn hing ihn biss auffe Schuhsohln, weisse.

Da sachtn se zure Füchskes:

„Hömma, ihr Schleicha, schafft ma wacka wat zum spachtln heabei, ihr seid ja äächt listich un abgezockt, nä."

Se antwoatetn:

„Ker, nich weit wech von hia liechtn Dooaf, wo wa schonn so manchet Hühnken stebitzt hamm; hömma den Weech dahin wolln wa euch gean zeign tun."

Da laatschtn se allesamt inz Dooaf, de Jäägas kauftn sich wat zum spachtln un ließn den Tiian Futta geehm un zoogn dann weita, imma weita inz Land hinein. De Füchse wusstn gut inne Gegend Bescheit weisse, wo de Hühnahööfe waan un konntn de Jäägas allet zeign tun. Nun zoogn se ne Weile weita hearum, konntn abba keine Malooche finden, wo se beide ackan un bleibm konntn, da quatschtn se zu sich:

„Hömma, et geht nich anners, wir müssn unz trennen tun."

Se teiltn de Viecha auf, so dat jeeda nen Löwn, nen Bäarn, nen Wolf, nen Fuchs unnen Häsken bekam, woll. Dann nahm se Abschied, vaspraachn sich brüdaliche Liebe un Treue bis innen Tod, stießn den Zachl in nem Bäumke, den se von ihrn Pflegevadda bekam; worauf sich der eine na Ostn un der andre na Westn auffe Kackstelzn machte.

Der Jüngste kam mit seine Viecha inne Stadt, se war ganz in schwattn Flor übbazoogn. Da laatschte er in ein Wiiatzhaus un un fruuch den Wiiat, oppa nich seine Viecha beheabeagn könnte. Der Wiiat gap ihnen nen Stall, wo inne Wand ein Loch wa; da kroch dat Häsken hearaus un holte sich ein Kohlkopp, der Fuchs stebizte sich ein Huhn un alza et gefuttat hatte, au

14

noch den Hahn dazu. Der Bäar, der Wolf un der Löwe konntn nich teilackn gehn, se waan füa dat Loch einfach zu groß un kamen nich hinaus. Da ließ der Wiiat se da hinbringn machn, wo ne Kuh auffm Raasn stand, dat se sich au sattfuttern konntn. Un alz der Jääga dafüa gesoacht, dat de Viecha vasoacht waan, fraachte er eaast den Wiiat, warum de Stadt in schwattn Flor liecht. Da sprach der Wiiat:
„Ker weisse, leida muss moaagn unsre einzigzte un schniecke Könichstochta steabm tun."

„Isse denn steamzkrank?"

„Nee, isse nich", sachte der Wiiat,

„Se is donnoch quitschfidel un gesund, wieso musse den dat Zeitliche seechnen, ker wat gehtn hia ap", fraachte der Jääga.

„Draussn vore Stadt is ne hohe Halde, man nennt se de Halde Hohewaad, da kommze übba ne Drachnbrücke dahin, wo der Drache am wohn is un der Drache muss alle Jäahrkes ne Jungfrau vaspachtln, sonz vawüsteta dat ganze Land, weisse.
Nun sin schonn alle Jungfraun hingegeehm un keine Tusse mehr da, aussa unsre liebe Könichstochta, dennoch krichtse keine Gnade hömma un se muss dem Drachn übbageehm weadn un dat is moaang."

Da sachte der Jääga:
„Hömma, warum wird der olle Drache dennich abgemuakst?"
„Ach ker", sprach der Wiiat, „et waan schonn ne Menge an Rittas hia un hamm et vasucht, abba allesamt ihr Leehm eingebüüßt; der Könich hat dem, der den Drachn besiegn tut,

15

seine Tochta zur Olschn vasprochn un er soll au nach sein apleehm, dat ganze Reich eaabm"

Der Jääga sachte weita nix dazu, abba am annern Moaang nahma seine Viecha mit übba de Drachnbrücke, auffm Drachnbeach. Da oohm stand ne kleine mickrige Kiiache un auffm Altaa standn drei gefüllte Bechas un dabei ne kleine Schrift: Wer den Becha aussüpplt, wiad der stäakzte Kerl auffe Welt sein tun un er wiad dat Schweeat führn, wat voare Türschwelle vagraabm is. Der Jääga süppelte da nix von, abba ging raus un suchte dat Schweeat inne Eaade, vamochte et abba nich vonne Stelle zu beweegn. Da ginga doch hin un süpplte den Becha aus. Hömma, nun waata so staak un kräftich genuch, datta dat Schweeat aufzuneehm un in seine Flosse leich füahrn konnte, weisse. Alz dann dat Stündken gekomm wa, wo de Jungfa dem olln Drachn ausgeliefat weadn sollte, waan der Könich, der Maaschall un de Hofleutz an det Jungfas Seite, weisse. Se sah abba ausse Ferne den Jääga auffm Drachnbeach un meinte, dat der Deache schonn da stände un auf se waatete un wollte nich da oohm hoch, entzlich abba, weil de ganze vakommne Stadt sonz valoarn geweesn wäar, so hat se sich bekrabblt un is den schweean Weech gegang.

Der Könich un sein Hofstaat kehrtn wacka un volla Traua heim, nua der Könichs Maaschall abba sollte stehn bleim tun un sich dat Massakka ausse Ferne mit anglotzn. Alz de Könichstochta, de Jungfa oohm auffe Halde kam, stand da nich der Drache wie se gedacht hat, sondan der junge Jääga, der sprachse Trost ein un sachte:
„Ker hömma, du schicke Tusse, hapma kein Muffensausn, ich weade dich beschützn machn", füahrte se inne Kiiache un vaschloss se darinen.

16

Gaanich lange, so kam der sieemköppige Drache dahea gefloong un alza den Jääga eablickte hömma, vawundate er sich un sprach:
„Ker, wat hasse hia auffe Halde zu schaffm?"

Der Jääga antwoatete haasch un mit lauta stolza Stimme:
„Hömma du sieemköppiget Ungeheuja, ich will mich mit dich wemsen!"

Da sprach der Drache:
„Ker, wennze meinz, abba so mancha Rittasmann hat hia sein Leehm schonn gelassn, hömma mit dich will ich au feddich weadn",

un spie Feuja aus sieem Rachn. Dat Feuja sollte dat trockne Grass entfachn un der Jääga sollte in Glut un Dampf eastickn tun. Abba seine Viecha kam dahergelaufm un traatn mit ihrn Quantn dat Feuja wacka aus. Da fuhr der Drache geegn den Jääga, abba der schwang dat Schweaat so heftich, dat et inne Luft sang un schluch im wacka drei Köppe ap. Da waad der Drache east recht wütend hömma, eahob sich inne Luft, spie Feujaflamm übban Jääga aus un wollte ihm stüazn, abba der Jääga zückte nomma sein Schweaat un hiep ihn widda drei Köppe ap. Dat Untier waad Schachmatt un sank nieda, abba wollt doch widda auffm Jääga los weisse, doch der schluch ihm mit letzta Kraft den Schweif ap un weila sich nich weita wemsn konnte, riefa seine Viecha heabei, un se zearissn dat Untier in Stücke, so dat de Fetzn nua so floogn, vastehsse!?.
Alz dat Gemätzl vobbei wa, schloß der Jääga de Kiiache offm un sah de schniecke Könichstochta auffm Boodn am liegn, weil ihr de Sinne voa Bange un Muffensausn während der Wemserei vagangen waan.

17

Der Jääga truch se hinaus un alzse widda zu sich kam un de Klüüsn öffm machte, zeichte er ihr den tootn un zearissnen Drachn un sachte ihr, dat se nun ealöst wäar.

Se freute sich un sprach zu ihm:

„Hömma junga Jääga, getz wirsse mein liebsta Macka weadn tun, denn mein Alta, der Könich, hat demjenign ja vasprochn, dat derjene, der den Drachn abmurkst, mich zur Ollen anne Seite zu geehm."

Daraufhin nahmse ihr Halsband aus Koralln ap un vateilte et freudich unta de Viecha, um se zu beloohn un der Löwe eahielt dat goldne Schlößken davon. Ihre Rotzfahne abba, in dem ihr Name stand, schenkte se dem Jääga, der ging hin un schnitt aus de siem Drachnköppm de Waschlappms raus, wicklte se darin ein un vawahrte se wohl. Alz dat gescheehn wa un weila vonne Wemserei mitten Drachn un vonnem Feuja so tranich un schachmatt wa, spracha dann zua Jungfa:

„Hömma, wir beide sin doch so matt un müde nä, somma nich inne Kiste hüppm un ne Runde pennen?"

Da sachte se: "Jau, mamma" un ließn sich auffe Eade nieda.

Der Jääga sprach zum Löwn:

„Weisse wat Löwe, du sollz unz bewachn machn, damit unz niemand beim Pennen übbafalln tut!"

Nun penntn beide ein, der Löwe fleezte sich daneehm um zu wachn; abba wa vom Kampf au müde weisse, so datta den Bäarn rief un zu ihm sachte:

„Ker mein Freund Bäar, komma wacka bei mich bei un leech dich neehm mich, ich muß au ne Runde penn un wenn eina am komm tut un Rabbatz machn will, dann weck mich, nä."

Da leechte der Bäar sich neebm dem Löwn, abba er wa au schachmatt un rief den Wolf un sachte zu dem:
„Mein Freund Wolf, komma bei mich un leech dich ma neehm mir hin un pass auf, dat keina unz beim Pennen stöan tut, ich muß getz au wat ratzn."

Da kam der Wolf un leechte sich neebm den Bäarn, der wa abba au im Traan un müde un sachte zum Fuchs:
„Hömma Fuchs; komma bei unz bei un leech dich ma hia hin, ich muß ne Runde knackn, ich bin so müde weisse un wenn wat kommt, weck mich."

Dat machte der Fuchs, abba weila ja sonnen abgezockta Seega is un au im Traan laach, riefa dat Häsken un sachte zu dem:
„Ker hömma mein liebet Häsken, leech dich ma bei mich bei un pass auf, dat keina unz beim Pennen stöart woll un wenn eina komm tut, weck unz."

Da fleetzte sich dat Häsken neebm den Fuchs, abba dat aame Häske wa au schachmatt vonne Wemserei un hatte niemand, deena zua Wache rufm konnte un pennte au ein. Da laagn se nun alle, der junge Jääga, de Könichstochta, der Löwe, der Bäar, der Wolf, der Fuchs un dat Kannickl, ääh dat Häsken natüalich un Penntn allesamt nen tiefm un festn Schlaf.

Hömma, der Maaschall abba, der ja vom weitm allet beglotzn sollte un den Drachn nich mitte Könichstochta vonne Halde foatfliegn sah un doat allet ruhich un stikkum waad, naahma sein Heaz inne Flosse un machte sich übba de Drachnbrücke auffm Weech auffe Halde Hohwaad hoch. Da laacha nun der Drache, total zeafleddat un zearissn auffe Eade un nich weit wech davon de Könichstochta mittn Jääga un seine Vicha voll

an knackn. Un weil der Maaschall sonnen bösa, gottlosa un abgezockta Kerl wa, nahma dat Schweeat un hieb dem Jääga sein Kopp ap, packte de Jungfa auffm Aam un truuch se de Halde hinap. Da eawachte un easchrak se mächtich, abba der Maaschall sprach zu se:
„Hömma du biss in meine Flossn, du sollz saagn tun, dat ich et wa, der den Drache zua Strecke gebracht un abgemuakzt hap!"

„Dat kannich nich", sachte de Könichstochta, „denn der Jääga mit seine Viecha haddet getan, weisse."

Da zoocha sein blanket Schweeat un drohte se zu tötn, wennse ihm nich gehoachte un zwang se damit, dat se et ihm vasprach. Darauf brachta se voarem Könich, der sich voa Freude inne Buxe pisste un sich nich mehr einkrichte, alza seine geliebte Könichstochta widda lebendich erablickte, weila ja geglaupt hatte, datse vom Untier zearissn wüade.

Der Maaschall sprach also zum Könich:
„Hömma mein Könich, ich hap den Drachn getötet, de Jungfa un dat ganze Reich gerettet weisse, ker gibb mich getz de Könichstochta alz meine Olsche zua Seite, so wie ihr et zugesacht happt."

Fruuch der Könich seine Tochta:
„Hömma, isset wahr, watta sacht?"
„Ach ja Vadda", antwoatete se, „et muss wohl so sein, nä. Abba ich behalte mich voa, dat east übban Jäahrchen unnen Tach de Hochzeit gefeijat wiad",
denn se dachte, inne Zeit, etwat von ihrn jungn Jääga höarn zu tun. Auffm Drachnbeach hingegn abba laagn noch de Viecha neehm ihr tootn Jääga un Herrn am pennen.

20

Da kam ne mächtich fette Humml un setzte sich dem Häsken auffm Zinkn, abba dat Kannickl wischte se einfach mit seine Pfoote wech un pennte weita weisse. De Humml kam zum zweitn Male, abba dat Kannickl, (ach ker nee, Häsken meinich doch), wischte se widda wech un pennte fort.

Dann kamse zum drittnma un stach ihm innen Zinken, dat et aufwachte. Sobald dat Häske wach wa, weckte er den Fuchs, der Fuchs den Wolf, der Wolf den Bäarn un der Bär den Löwn un alz der Löwe aufwachte un sah dat de Jungfa fort wa un der Jääge ohne Kopp da laach, finga voll am Brülln an un rief: „Ker, wer haddet gewaacht? Ker Bär, warum hasse mich nich geweckt?“

Der Bäar frachte den Wolf:
„Warum hasse mich nich Wach gemacht?“

Der Wolf den Fuchs:
„Un du, warum hasse mich nich geweckt?“

Der Fuchs zum Häsken:
„Ker, wat haase unz denn nich geweckt?

Dat aame Häsken wusste allein nich antzuwoatn un de Schuld blieb auf sein Buckl am hängen. Da wolltn se alle übba ihn heafalln, abba et bat un sprach:

„Ker, bringt mich nich umme Ecke, ich will vasuchn unsan Herrn widda lebendich machn zu tun. Wissta wat? Ich kenn da nen Beach, da wächst ne Wuazl un wea se inne Muhle nimmt, der wiad von alla Koddrichkeit un Wundn geheilt, abba der Beach liecht zweihunnat Stündkes von hia wech.“

Da sachte der Löwe:
„Hömma mein Häsken, du muss in viieaenzwanzich Stündkes hin- un heagelaufm sein un de Wuazl mitbring tun, sonz nützt dat nix, weisse!"

Da sprang dat Häsken wacka fort, gab mächtich Vollgass un wa dann au in vierenzwanzich Stündkes widda mitte Wuazl an Ort un Stelle. Der Löwe setze dem Jääga sein Kopp widda auf un dat Häsken stecke ihm de Wurzel inne Schnüss, alzbald füüchte sich allet widda zusamm un dat Heazken det Jäägas fing am kloppm an un dat Leehm kehrte in ihm zurück.

Da eawachte der Jääga un easchraak, alza de Könichstochta nich mehr sah un dachte: Se is wohl foatgelaatscht, wäahrend ich knackte, um mich loszuweadn. Abba der Löwe hatte inne ganzn Hecktik den Kopp vom Jääga falsch aufgesetzt, so dat der Jääga getz seine Fott voane hatte, abba er meakte dat nich, denn er wa zu bedröpplt un inne Gedankn anne Könichstochta.

East zum Mittach, alza wat futtern wollte is ihm der Schisselameng aufgefalln un frachte seine Viecha, wat ihm im Schlaf widdafahrn wäare? Da eazählte ihm der Löwe de ganze Schote, datse alle voa Müdichkeit eingepennt sin un beim Eawachn hättn se ihm tot gefundn, mit dem apgeschlangnen Haupte un dat dat Häsken de Leehmswuazl geholt hatte, er abba in Eil` den Deetz vakehrtrum gehaltn hatte; doch er wollte sein Fehla widda gut machn tun.
Da rissa dem Jääga sein Kopp widda ap, drehte den um, setzte ihn widda drauf un heilte ihn mitte Wuazl widda fest. Hömma, trotz allm wa der Jääga imma noch bedröpplt, zooch weita inne Welt umhea un ließ seine Viecha vore Leutz schwoofen.

Et truch sich zu, dat grade nach Vealauf einet Jäahrchens, er widda inne selbe Stadt kam, alz se noch in schwattn Flor laach un woa de Könichstochta vom Drachn ealöst hatte.

Diesma laach de ganze Stadt abba im rootm Schaalach, da spracha zum Wiiat:

„Hömma Herr Wiiat, wat gehtn hia ap, wat soll dat hia heißn tun? Voarem Jäahrchen laach de Stadt noch im schwattm Flor un wat soll getz der roote Schaalach?"

Der Wiiat antwoatete ihm:

„Jau, Recht hasse, vorem Jäahrchen sollte unsre Könichstochta den Drachn geopfat weadn, abba der Maaschall hatte sich mittn Drachn gewemst un ihn getötet un deshalp soll Moagn de Vamählung sein, weisse; darum laach dat Städtken dammals in schwattn Flor un getz in rootn Schaalach, zua Freude der ganzn Leutz vonne Stadt, weisse!?"

Hömma, am annern Tach, wo de Hochzeit sein sollte, da sprach der Jääga umme Mittachszeit zum Wiiat:

„Ker, glaupze nee Herr Wiiat, dat ich heute hia de Kniften vom Könichs Tischken futtern will?"

Der Wiiat antwoatete ihm:

„Jau, dat glaup ich dich, abba dat wirsse nich machn könn, da wett ich n´ Hunni drauf!"

Der Jääga nahm de Wette an un setzte nen Beutl mitte selbm Anzahl an Heijamänna dagegn.

Da riefa dat Häsken un un sachte:

„Hömma geh ma hin, lieba Hüppa un hol mich ma wat vonnem Kantn Brot, wat der Könich am veaspachtl is!"

Dat wa füa dat Häsken dat Gerinkste, wat et machn tun konnte un et konnte et ja au kein annern auftraagn tun un machte sich wacka auffe Porreepiepm davon. Ei, der Daus, dachta, wennich so muttaseelnallein duache Stadt hüppe, da weadn de Metzgas Kötas wohl hinta mich hea sein tun. Un wie et so voa sich hea dachte hömma, so geschah et auch, de Tölen kam hinta ihm drein un wolltn ihm anz Fell. Et hüppte un sprang abba, sowatt von hasse nich gesehn, weisse! Un et flüchtete sich wacka in nen Schildakabachl, ohne dat et der Soldaat gewahr wuade. De Köters abba hattn dat mitgekricht un feckeltn dem Häsken hintahea un wolltn au inz Häusken, abba der Soltaat veastant kein Spässke un schluuch de Töln mittn Kolbm vonne Knarre drein, so dattse schreient un jaulend foatliefm.

Alz dat Häsken dat meakte, dat de Luft widda rein wa, machte et sich vom Akka un sprang inz Schlössken hinein, grade zu, zua Könichstochta, hockte sich untas Stühlken un kratzte mitte Poote an ihra Quante. Da sachte se:
„Hömma wat is, willze Gassi!" un meite, et wäar ihr Köta.

Abba dat Häsken kratze se abbamalz anne Quante. Da sachte se widda:
„Ker wat is, willze Gassi gehn?" un meinte , et wäar ihre Töle.

Abba dat Häsken ließ sich nich Kirre machn un kratzte se zum drittn ma anne Quante. Da glotzte se hearap un eakannte dat Kannickl (Häsken) annem Halzband, da nahmse et auf ihrn Schoß, truuch ihn in ihrn Kabuff un sachte dann zu ihm:
„Ker hömma, wo kommze wech? Wat willze von mich?"
Da antwoatete et:
„Hömma, mein Herr un Jääga, der den Drachn abgemuakzt hat, is hia un schickt mich, ich soll um nen Kantn Brot bittn tun, so wie et der Könich am futtan is."

Da wa se volla Froide un ließ den Bäcka komm un befahl dem, ihr ein Kantn Brot zu bringn, wie et der Könich au spachtln tut.

„Ker hömma Prenzessin" sprach dat Häsken, „der Bäcka muss mich dat au da hinbringn tun, wo mein Herr is, damit de Metzgastöln mich nix machn tun könn, vastehsse!?"

Der Bäcka truch also dat Brot bis anne Türe vonne Wiiatzstube. Da stellte sich dat Häsken auffe hintren Porreepiepm, nahm den Kantn Brot inne Voadaopotn un brachre et sein Herrn.
Da sprach der Jääga:
„Ker siehsse Herr Wiiat, der Hunni is meina, nä."

Der Wiiat wundate sich. Abba der Jääga wa imma weita am protzn un sachte:
„Jau Herr Wiiat, dat Brot un de Kniftn hätt´ ich schomma, getz willich abba au det Könichs Braatn vaputzn."

Hömma da sachte der Wiiat:
„Dat will ich sehn, abba Wettn, dat tun wa nich mehr manchn."

Da rief der Jääga den Fucks un sacht zu dem:
„Hömma mein Fücksken, gehma hin un hol mich ma den Braatn, den au der Könich am spachtln is."

Denn der roote wusste de Schliche viel bessa, laatschte un schlich duach alle Eckn un Winkl, ohne dat ihm au nua ein Kätzken oda ne Töle sah, dann setze er sich unta de Könichstochta ihr Stühlken un kratze se anne Mauke. Da glotzte se hearap un eakannte den Fuchs an sein Halzband, nahm ihn mit in ihr Kabuff un sprach zu dem:
„Ker lieba Fucks, wat machsse hia, wat willze von mich?"

Antwoatete der Fucks:
„Hömma, mein Herr der Jääga, der den olln Drachn abgemuakzt hat, is hia inne Stadt, der schickt mich, ich soll ummen Braatn bittn, sonnen wie au der Könich spachtln tut."

Da ließ de Könichstochta den Koch komm, befahl dem, datta ein Braatn anrichtn, so wie der Könich ihn futtat un dem Fuchs bis anne Türe vonne Wiiatzstube tragn soll. Anne Tür nahm ihn der Fucks de Schüssl ap, wedlte mit sein Schwanz east de Fliegns wech, die sich auffm Braatn niedagelassn hattn un brachte ihn dann sein Herrn.

„Un, sehta Herr Wiiat", sachte der Jäga, „dat Brot un dat Fleisch is da, getz willich au Zugemüs futtern, wie der Könich dat am futtan is."

Da riefa den Wolf sachte zu dem:
„Hömma lieba Wolf, geh mich ma hin un hol mich dat Zugemüs, wie et der Könich spachtlt!"

Da laatschte der Wolf los, ging gradezu inz Schloß, denn er hatte ja kein Muffensausn un füachtete sich voa niemand un alza an det Könichstochta Kabüffken kam, zupplte er se hintn an ihre Plörren, datse sich umschaute un den Wolf an sein Halzband sofort eakannte. Se nahm ihn mit in ihr Kämmaken un sprach zu dem:
„Ker hömma lieba Wolf, wat machsse hia, wat willze von mich?"

Da antwoatete er: „Hömma du schnucklige Tusse, mein Herr der Jääga, der den Drachn abgemuakzt hat, is hia inne Stadt, ich soll nach Zugemüs bittn, wie et der Könich frisst."

26

Da ließ se den Koch abbamalz komm un befahl ihm ein Zugemüs zubereitn, so wie et der Könich spachtlt un musste et au den Wolf bis anne Türe vom Wiatzhaus schleppm, da nahm ihn der Wolf de Schüssl ap un brachte et sein Herrn, dem Jääga.

„Hömma siehsse, Herr Wiiat", sachte der Jääga, „nu habbich Brot, Fleisch un Zugemüs, abba ich will noch Zuckaweak futtan, so wie et der Könich ißt!"

Da riefa den Bäarn un sachte dann zu dem:
„Ker komma hea, mein töfta Bäar, du schnabbulierst do au geane Süßet nä. Dann gehma hin un hol mich ma wat vom Zuckaweak, wie et der Könich schnabbuliert."

Hömma, da traabte der Bäar volle Kanne los, schnuastrax inz Schloss hinein un ging jeedamann aussm Weech, alza abba zure Wache kam, hielt se ihm de Flinte voare Schnüss un wollte ihm nich inz könichliche Schloss lassn tun. Abba der Bäar eahop sich inne Höhe un gab ihn mit seinen Tatzn links un rechts ein paar Laschn vore Ooan, dat et nua so klatschte un de Wache zusammficl, wcnnzc wciss wat ich mein. Daraufhin laatschte er weita grade Weechs zua liebm Könichstochta, stellte sich hinta se un brummte. Da glotzte se sich um, eakannte den Bäarn un hieß ihn mit se, in ihr Kabüffke mitzugehn un sachte dann:
„Ker, lieba Bäar, wat machsse hia, wat willze von mich?"

Da antwoatete er:
„Mein Herr der Jääga, der sich mittn Drachn gewemst hatte, is inne Stadt, ich soll nach Zuckaweak bittn tun, wie et der Könich am schnabbuliern is."

27

Da ließ se den Zuckabäcka komm, der musste ihr wacka Zuckaweak backn, wie et der Könich am schnabbuliern is un den Bäarn dat bis anne Wiiatzhaustüar tragn machn. Der Bäar nahm de Schüssl mittm Zuckaweak entgegn, leckte zueast de Zuckaeabsn auf, die runnagepuazlt waan, stellte sich aufrecht un brachte se sein Herrn dem Jääga.

„Hömma Herr Wiiat, da gucksse abba, wa?", sachte der Jääga, „getz wolln wa au zurem Kantn Brot, dem Fleisch-Braatn, den Zugemüs un dem Zuckaweak, abba au noch ne Pulle Wein süppln, abba au so ein töftn Wein, wie ihn der Könich au süppln tut!"

Er rief sein Löwn heabei un sachte dem:
„Hömma, komma bei mich bei Löwe, du zischt dich doch au gean ein Rausch bis zum umkippm an, nä. Dann gehma un hol mir töftn Fusl, so wie ihm der Könich am kippm is!"

Da schritt der Löwe übba de Strasse un de Leutz machtn sich inne Buxe un de Biege, alsze den Löwn saahn un alza zua Wache kam, wollte se ihm den Weech vasperrn, abba der Löwe brüllte nua eima kuaaz, so hüppte de Wache east anne Seite un dann von dannen.
Nun ginga zum könichlichn Kabäuksken vonne Könichstochta un kloppte mit sein Schweif anne Tür. Da kam de Prenzessin hearaus un wäare beinahe übba den olln Löwn easchrockn hömma; abba se eakannte ihm sofort an sein goldnem Schloß von ihrm Halzband, weisse un ließ ihn mit in ihr Kämmalein gehn un sachte dann zurem Löwn:
„Ker hömma lieba Löwe, wat machsse hia, wat wilze von mich?"

Da antwoatete der Löwe:
„Mein Herr der Jääga, der den Drachn getötet hat is inne Stadt, ich soll nach legga Wein bittn tun, wie ihn der Könich au am runnakippm is."

Se ließ den Winza un Mundschenk komm, der sollte dem Löwn von den töftn, lekkren Wein geehm tun, wie ihn der Könich au süppln tut. Da sachte der Löwe:
„Ker, da muss ich abba easma mitgehn machn, ob dat au der rechte is, ich lass mich nämmlich nich vaaschn weisse, wennze vastehss wat ich mein, nä."

Da laatschte der Löwe un der Mundschenk zusamm innen Weinkella hinap un alzse untn ankam, wollte ihm diesa vonnem gewöhnlichn Fusl zappm, wie et de Könichs Diena süppln tun; abba der Löwe wa nich dösich un sachte:
„Mamma halplang hömma, ich muss den eastma vasuchn",

zappte sich ein halbet Maaß voll un schluckte et mit eima runna un sachte:
„Ker nee weisse, dat is abba nich der rechte Wein, dat issn billiga Fusl."

Der Mundschenk sah ihn schrääch vonne Seite an, ging abba un wollte ihm aussm andan Fass wat zappm, der füaren Maaschall wa, da sachte der Löwe:
„Watte ma! East willich den Fusl vasuchn, bevoare mich den apfüllz"

zappte sichn halbet Maaß un kippte dat in einem Zuch runna un sachte:
„Ker hömma, der issn bisskken bessa, abba nonnich der rechte."

Da wuad der Mundschenk abba brassich un sprach zum Löwn: „Ker, dat gibbet donnich, wat willz du Viech denn schonn von Wein vastehn!"

Da gab der Löwe ihn ne Lasche hinta de Ooan, datta unsanft auffe Fresse fiel. Un alza sich widda aufgerapplt hatte, füahrte er den Löwn ganz stikkum innen besondren Kella, da wo det Könichs lekkra Fusl laagate, von dem sonz kein Mensch zu süppln bekam. Der Löwe zappte sich widda ein halbet Maaß un veasuchte den Wein, dann spracha zum Mundschenk: „Hömma dat issa, dat is der rechte Fusl, mamima säx Püllkes davon voll, woll."

Nun stiegn se de Treppe zua Könichtochta widda rauf un wiese aussm Kella inz Freie kam, schwankte der Löwe mächtich un wa ein bisskn betüddlt un der Mundschenk musste dem Löwn de säx Pulln mittn Fusl bis zua Tür tragn machn. Alzse am Wiiatzhaus ankam, nahm der Löwe den Henklkoab inz Maul un brachte den Wein sein Herrn. Da sachte der Jääga: „Kumma hia Herr Wiiat, da habbich´n Kantn Brot, dat Fleisch, dat Zugemüs, süßet Zuckaweak un den Fusl, allet wie et der Könich habm tut, getz willich mit meine Viechas schnabbuliern un Mahlzeit haltn tun."

Pfleetzte sich hin, futtate un süpplte, gab dem Häsken, dem Fuchs, dem Wolf, dem Bäarn un dem Löwn au davon ap un se waan froha Dinge, denn er sah, dat de Tusse von Könchstochta ihm noch lieb hatte, wennze vastehs!? Un alzse gebuttat hattn, sachte der Jääga: „Herr Wiiat, getz habbich de Wampe voll wie der Könich, getz willich annen Könichs Hof feckln un de Könichstocha heiratn tun weisse."

30

Da frachte ihm der Wiiat;
„Ker, dat gibbet donnich, wie sollet gehn tun, de Könichstochta hat schonn nen Seega zum Bräutigam un heute wiad Vamählunk gefeijat, vastehsse."

Da zooch der Jääga de Rotzfahne hearaus, die ihm de Könichstochta auffe Drachnhalde gegeehm hatte un worinne de sieem Waschlappm (Zungen) det Untiers eingewicklt waan un sachte dann:
„Siehsse dat? Dat kann mich helfm machn, wat ich hia in meine Flossse halte."

Da sah der Wiiat dat Tüchsken an un sachte:
„Ker hömma, wennich allet glaum tu nä, abba dat nich, weisse un ich will wohl mein Häusken un Hof drauf vawettn, woll."

Der Jääga nahm nen Beutl ausse Buxe, der wa prall gefüllt, mit tausnd Goldstücksken, haute den auffm Treesn un sachte dann:
„Kumma hia, de Monetn setz ich dagegn!"

Zua glcichn Zeit quasslte der Könich anne Taafl im Schloss zua Tochta:
„Hömma Töchtaken, wat hamm all de Viecha gewollt, die zu dich gekomm un in mein Schlösske ein- un ausgegang sin?"

Da antwoatete de Könichstochta:
„Ker Vadda, ich daaf's dich nich saagn tun, abba schicke hin un laß den Herrn diesa Viecha ma komm machn, so wirsse et erfahrn tun."

Der Könich schickte ein Diena inz Wiiatshaus un ließ den fremdn Seega antanzn.

31

Der Diena kam grade, alz der Jääga mittn Wiiat gewettet hatte. Da spracha:

„Un sehta Herr Wiiat, der Könich schickt sein Diena nach mich un läßt mich einlaadn machn, abba ich geh so nonnich dahin" un zurem Diena sachta: „Hömma, ich lass den Herrn Könich bittn, datta mich könichliche Plörren zu schickt, ne Kutsche mit säx Zossn unnen Diena, die mich aufwaatn."

Alz der Könich de Antwoat höate, da sachte er zu seina Tochta: „Ker, wat soll ich machn tun?"

Da sachte se:
„Lassin holn machn, so wieja et valankt, so wirsse et eafahrn, vastehsse."

Da schickte der Könich könichliche Fummel, ne Kutsche mit säx Zossn un Diena, die ihm aufwaatn solltn. Alz der Jääga se komm sah, spracha:
„Na, sehta Herr Wiiat, getz wead ich abgeholt, so wie ich et valankt hap"

un zooch de könichlichn Plörrn übba, nahm dat Tüchsken mitte Drachnzungen un fuhr zum Könich. Alz ihm der Könich komm sah, da sachte er zu seina Tochta:
„Hömma mein Töchtaken, wie sollich den denn emfang tun?"

Antwoatete se:
„Gehma den Seega entgegn, so wirsse et sehn, weisse."

Da laatschte der Könich dem Jääga entgegn un füahrte ihn hinauf un seine Tiere folchtn ihm nach.

Illustration: **Caroline S.** King von 1894 (Bild-PD-alt)

Der Könich wies ihm ein Platz neebm sich un seina Tochta an, der Maaschall saß auffe andre Seite alz Bräutigam gegnübba; abba der eakannte ihm nich mehr.

Nun wuadn grade de sieem Köppe det Drachn zua Schau getraagn un der Könich sprach:

„Kumma, frema Herr, hia de sieem Häupta hat der Maaschall dem Drachn apgeschlaagn, drumm gibbich ihm heute meine Tochta zua Ollen."

Da stand der Jääga auf un öffnete de sieem Muhln vonne Drachnköppe un sachte dann mit foadanda Stimme:

„Hömma, wo sin denn de sieem Zungen det Drachn?"

33

Da easchrak der Maaschall mächtich, waad ganz bleich umme Schnüss un wusste nich watta antwoaten sollte, entzlich sachte er dann inne Angst:
„Weisse nich, Drachn hamm keine Zungn."

Da sachte der Jääga:
„Ker hömma, willze unz vaaschn, oda wat? Weisse wat, de Lüchnas solltn keine Zungn inne Muhle haabm tun, abba de Drachnzungen sin nen Waahrzeichn det Siegas, wennze weiss."

Un dann wicklta dat Tüchsken aussenanda, da laagn se alle siemne drinne un er steckte jede einzlne Zunge innen Rachn det Drachn, indem se gehöate un se passtn Haargenau. Darauf nahma dat Tüchske, in welchet der Name vonne Prenzessin eingestickt wa, zeichte et der Könichstochta un fraachte se, wem se et gegeehm hatte. Da antwoatete se un sachte:
„Wem wohl hömma, dem der den Drachn abgemuakzt hat."

Un dann rief der Jääga sein Getier, nahm jeedm dat Halzband un dem Löwn dat goldne Schloß ap un zeichte et der Jungfa un fraachte, wem et gehöart.

Da antwoatete de Könichstochta:
„Dat wa mein sein, dat Halzband un dat Schloß habbich unta de Viechas vateilt, weilse dat Untier mit besiegn halfm."

Da sprach der Jääga:
„Weisse wat? Alz ich müde un schachmatt vonne Wemsarei mittn Drachn wa un mich dann zua Ruhe geleecht hatte, da is der Maaschall angestieflt gekomm un hat mich mein Schädl apgeschlaagn. Dann hatta de Jungfa vaschleppt un euch alle angeflunkat, er sei et geweesn, der den Drachn getötet habe; un

34

weila ein Lüchna is, beweise ich hia mitte Zungn, dem Tüchsken un dem Halzband un dat golde Schlößken, dat ich derjene wa, der dat Untier abgemuakzt un getötet hat."

Dann finga an un laberte aus einem Guss de ganze Schote aus, wie ihm seine Vicha duach ne wundabaare Wuazl, widda inz Leehm zurück gebracht hättn un datta ein Jäahrchen mit denen inne Weltgeschichte umheagezoogn un widda hia inne Stadt gelandet is, da woa den Betruch det Maaschalls duache ganze laabarei det Wiiats anz Licht kam un er et so eafahren hätte.
Da fraachte der Könich seine Tochta:
„Ker, is allet wahr, dat diesa Seega den Drachn getötet hat?"

Se antwoatete:
„Jau Vadda, et is wahr! Dat issa, getz kannich de Schandtat det Maaschalls au offmbaan, weilse ja ohne mein Zutun annen Tach gekomm is, denn er hatta mich dat vasprechn zu schweign abgezwungn un mich eapresst, wenn ich meine Schnüss nua ein Millimeeta aufmach un mich veaplappa, dann töteta mich, weisse! Hömma, darum habbich stillschweign angebracht un mir ausgehaltm, dat de Hochzeit east nachm Jäahrchen unnen Tach gehaltn weadn sollte."
Da rief der Könich de zwölf Ratsherrn zu sich, se solltn n` Uateil übbern Maaschall sprechn tun un se uateiltn, datta von viear Ochsn zearissn weadn sollte. Also waad der Maaschall gerichtet hömma, der Könich abba übbagap seine Tochta dem Jääga un ernannte ihn zu sein Stadthalta im ganzn Reich an. De Hochzeit wuade mit Freudn gehaltn un der junge Könich ließ sein Vadda un sein Pfleegevatta holn un übbahäufte se mit Schätzn. Hömma, der Jääga vagaaß den Wiiat nich un ließn antanzn un sachte dann:

„Siehsse Herr Wiiat, ich hap de Könichstochta geheiratet un dat Häusken un der Hof von dich, is mein sein"

Da quasselte der Wiiat zurück:
„Jau ey, dat is nachm Rechtn, dat hasse dich vadient."

Der junge Könich abba sachte:
„Hömma, et soll Gnade voa Recht eagehn tun un du kannz dein Kabachl un Hof behaltn machn un weita de Gäste bewiiatn un weisse wat, de tausnd Goldstückskes, schenk ich dich no oohmdrein, weisse Bescheit nä."

Nun waan der junge Könich un de junge Könjin guta Dinge un se leebtn vagnücht zusamm. Er zooch oft hinaus auffe Jacht, weil dat sein Hobby un Freude wa, wennze vastehs. Un de treun Tiiare musstn ihn begleitn machn. Et laach abba inne Nähe ein Wäldken, von den man sachte, et wäar da nich so geheuja un wäar da eina ma darinnen, kääma nich mehr raus, hömma. Der junge Könich hatte abba mächtich Valangen un Lust, darin zu jaagn un ließ den olln Könich keine Ruhe nich, bissa et ealaupte. Nun ritta in großa Begleitunk aus un alza innen Wald kam hömma, saahra ne schneeweisse Hiiaschkuh darin un sprach zu de Leutz:
„Watte ma hia biss ich widdakomm, ich will dat töfte Wild jaagn machn"

un ritt ihm nach innen Wald hinein, abba seine Tiiare folchtn ihm. De Leutz hieltn aus un waatetn bis zum Aahmt, abba der junge Könich kam nich widda. Da rittn se heim, eazähltn der jungn Könjin wat geschehn wa un sachtn:
„Ker hömma, Frau Könjin, der junge Herr Könich is im Zaubawald ne weissa Hiiaschkuh nachgejaacht un is unz wohl

vaschütt gegang, denn er is unz biss zum Aahmt nimmamehr easchien."

Da waan se alle in größta Besoachnis ummen jungn Könich. Er abba is dem schöön Wild imma nachgerittn, abba konnte et niemalz einholn tun; denn wenna meinte, et wäare schußrecht, so wa et wie von Zaubahand widda inne Feane vaschwundn, hüppte wech, biss et ganz vaschwant. Da meakte er, datta tief innen Wald hineingeraatn wa, nahm sein Hoaan un bließ hinein, abba et kam keine Antwoat zurück weisse, denn seine Leutz waan ja heimgerittn un konntn et nich höaan tun, woll. Un alz de Nacht kam, saahra, datta diesm Tach nich heimkomm konnte, stiech ap, machte sich unta ein Bäumke ein Feuja an un wollte da pennen. Alza abba beim Feuja saß un seine Viecha sich neehm ihn pfleetztn, deute ihm, datta ne menschliche Stimme höaate; er glotzte sich um, konnte abba nix bemeakn. Bald darauf höaate er widda ein Äächzn, wie von oohm hea, glotzte inne Höhe un sah eine olle Schabraake auffm Bäumke am sitzn, die in einz foat plärrte:
„Hu, hu hu hu, mich friiat, mich friiat et!"

Da sachte der Jääga:
„Ker, wat machsse auffm Baum, komma runna un wäam dir:"
„Nee", sachte de Alte, „de Tiiare, wolln mich beißn machn."

Da antwoatete der Jääga der olln Schabraacke auffm Bäumke:
„Hömma du alte Madka, der Tiiare tun nix, komma runna da."

Se wa abba in Wiaklichkeit ne olle Hexe un sachte zum ihm:
„Ker, pass ma auf, ich will ma ne Rute von hia oohm runna weafm un damit kloppze de Viecha auffm Buckl, dann tuhnse mich nix un dann kannich runna komm."

Da waaf se ein Rüütken hearap un der Jääga zooch se seine Tiaare übbat Fell, alzbald laagn se stikkum da un waan wie Stein, hömma. Un alz de Hexe voare Tiiare sicha wa, hüppte se hearap un rüahrte au ihm mitte Rute an vawandlte ihn innen Stein, weisse. Daraufhin fing se an sich zu beömmln un schleppte ihn un seine Viecha innen Graabm, wo schonn mehr solcha Steinkes laagn.

Alz abba der junge Könich gaanich widdakam, waad der Könjin Angst un Bange voa Soage, in ihre Fresse geschrieem un se wuad imma größa hömma. Nun truch et sich so zu, dat grade zua Zeit der andre Bruda, der beie Trennunk gen Ostn gewandat wa innet Könichreich kam. Er hatte ne Maloche gesucht, abba keine gefundn, wa dann alz Penna duache Lande gezoogn un hatte seine Tiiare schwoofm lassn, um so ein paar Krötn zum Futtern zu vadien. Hömma, da fiel ihm ein, er wolle ma nachm Zachl sehn machn, wattse dammalz beie Trennunk innem Baumstamm gestoßn hattn, um zu eafaahn, wie et sein Bruda wohl ginge.

Wieja dahin kam, wa seinet Brudas Seite schonn halp varostet un halp wa se noch blank, weisse un er machte sich mächtich Soagn um ihn. Da easchraaka un dachte: mein Bruda muss ein mächtiget Unglück zugestoßn sein, vielleicht kannich den noch rettn tun, denn de andre Hälfte is ja noch blank. Er zooch also mit seine Tiiare gen Westn un kam annet Stadttor, da trat ihm de Wache entgegn un fraachte, oppa ihm seina Gemalin meldn sollte, denn de junge Könjin wär ja seit Taagn in Angst un Soage übba sein Ausbleibm un füachtete, er wäre im Zaubawald vaschütt gegang oda sogaa umgekomm.
Ker hömma, weisse wat, de Wache dachte näämlich, et wär der junge Könich selpz, der voa ihm am stehnt tut, denn so

äähnlich sah der Bruda ihm un hatte au de wildn Tiiare hinta sich am laatschn. Da meakte der Bruda, dat de Rede von sein Bruda wa un dachte: Et is dat Beste hömma, ich geep mich füa ihn aus, so kannich ihn leichta errettn machn. Also ließa sich vonne Wache inz Schloss begleitn un waad doat mit mächtiga Foide empfangn. De junge Könjin meinte nix andres alz wäar et ihr Gemahl un fraachte ihn, warumma so lange auf Trallafitti wa. Da antwoatete er:
„Ker weisse wat? Ich hap mich im Walde vairrt un konnte nich mehr raus findn tun."

Aahms waad ihm de könichliche Fuazmolle gemacht, abba er leechte ein zweischneitiget Schweaat zwischn sich un de junge Könjin. Se wusste abba nich wat Ambach is un getraute ihn au nich zu fraagn. Hömma, der Bruda blieb ein paar Tage un eafoaschte derweil allet wat da so abging, weisse un wiejet ummen Zaubawald beschaffm wa, da spracha:
„Hömma, ich muss nomma darinnen jaagn machn."

Der alte Könich un de junge Könjin wolltn et ihn ausreedn, abba er bestand auf scin Standpunkt un zooch mit großa Begleitunk hinaus innem Zaubawald. Alza alzbald innen Wald angekomm wa hömma, erginget ihm wie sein Bruda zuvoa, er sah ne weisse Hiiaschkuh un sprach zu seine Leutz:
„Hömma, bleipt ma hia un waatet bissich widdakomm, ich will dat töfte Vieh jaagn machn."

Da ritta innen Wald un seine Tiiare folchtn ihm nach, abba er konnte de Hiiaschkuh nich einholn un geriet imma tiefa innen Wald, datta da übbanachtn musste. Un alza sich ein Feuja angemacht hatte, hööate er übba sich ein äächzn:
„Hu, hu, hu, wie et mich am friean is!"

Da glotzte er hinauf un et saaß de selbe olle Hexe da oohm auffm Bäumke. Da spracha zu se:
„Ker du olle Schabbrake, wenn dich am friaan is, dann komma runna un wäam dich an mein Feujaken."

Da antwoatete se:
„Nee, nee, nee, de Viechas wolln mich nua beißn machn",

er abba sachte:
„Ker, dat is doch Mumpitz hömma, se tun dia nix."

Da riefse:
„Kumma, ich schmeiß dich ma ne Rute runna, damit kannze de Tiiare auffm Buckl kloppm, dann tuhnse mich nix, vastehsse!?"

Wie der Jääga dat höaate hömma, da sachta zu der olln Hexe:
„Hömma, hasse ein anne Klatsche, ker, dat kannze abba ma vagessn, ich vaklopp doch meine Tiiare nich, komm runna, oda ich hol dich!"

Da riefse: „Dat willze wohl? Hömma, du tuhs mia donnix."

Er abba antwoatete:
„Wollze mich vanatzn? Kommze nich, schieß ich dich runna."

Sprach se:
„Mamma halblang, schieß nua zu, voa de Kuugln füacht ich mich nich."
Gesacht getan, er leechte an un schoß nach se, abba de olle Hexe wa fest geegn alle Bleikügelkes un beömmlte sich, dat et nua so grellte un rief:
„Ker hömma, du kannz mich gaanich treffm tun, Ha, ha, ha."

Da wusste der Jääga Bescheit, weisse un riss sich de drei silbanen Knöppe vonne Plörren, lud se inne Büchse, denn dageegn wa ihre Hexarei umsonz, wennze vastehs!? Un alza abdrückte, fiel se gleich mit Geschrei hearap. Da stellte er wacka sein Flunken auf se un sachte:
„Ker du olle Hexe, wennze nich gleich gesteehs, wo mein Bruda is hömma, so pack ich dich beie Flossn un schmeiß dich inz Feuja!"

Da wa se in mächtiga Angst un Bange, hatte ächt Muffensausn un bat um Gnade un sachte zum Jääga:
„Kumma da liechta vasteinaat mit seine Tiiare im Graabm."

Da zwanga se mit ihm da hinzugeh un drohte se, dat se keine Fiesematentn machn solle un sprach:
„Hömma, du olle Schabbrake, mamma getz mein Bruda un alle Geschöppe widda lebndich, sonz wiasse dat Feuja donnoch kennlean tun."
Also nahm se ne Rute, berührhaate de Steinkes an, hömma, da wuade sein Bruda un alle Geschöppe widda lebendich, weisse un de Kaufleutz, Hiiatn, Handweaka standn auf un bedanktn sich füare Befreiunk un zoogn heim.

De Zwillinksbrüda abba, alze sich widdasaahn, knutschtn un froitn sichn Ast. Dann packtn se de olle Hexe, fessltn se un waafm se inz Feuja un alze total vakooklt wa, da tat sich dat Wäldken von selpz auf un et waad licht un hell un man konnte dat könichliche Schloß inne Feaane sehn tun.
Nun rittn de beidn Brüda zusamm na Haus un eazähltn untaweechs ihre Schicksale. Un alz der jüngere sachte, datta anstatt det Könichs, er der Herr im ganzn Lande wäar, sachte der andre:

41

„Ker weisse, dat habbich wohl gemeakt hömma, denn alz ich inne Stadt kam un füa dich angesehn waad, da geschah mia alle könichliche Ehre, de junge Könjin hielt mich füar ihrn Olla un ich musste an ihra Seite spachtln un in deina Poofe penn."

Wie dat der Bruda höaate, waata eifasüchtich un brassich, datta sein Schweat zooch un sein Bruda den Kopp apkloppte. Alz diesa abba so tot dalaach un er dat roote Blut fließn sah, reute et ihn gewaltich.

„Ker, mein Bruda hat mich ealößt", riefa „un wat marrich, ich habbin abgemuakzt!"
un jammate laut voa sich hin. Da kam sein Häsken un eabot sich vonne Leehmswuazl holn zu tun, hüppte wech un waad zua rechtn Zeit zurück der Tote Bruda wa widda inz Leehm gebracht meakte au gaanix vonne Wunde, weisse.

Darauf zoogn se weita un der jüngste sachte:
„Hömma, du siehs aus wie ich, du hass könichliche Plörren an un de Tiiare folgn dia nach wie mich. Ker hömma, wolln wa dat Könichreich ma vaaschn un zu de entgegngesetzte Tore reitn un beim altn Könich zua gleichn Zeit ankomm un den ganz kirre machn?"

Also trenntn se sich un kam bein altn Könich zua selbm Zeit an, de Wache von dem einen un de Wache vom dem andren Tor meldetn, dat der junge Könich mitte Viecha vonne Jacht widda da is.

Da sprach der alte Könich:
„Ker, dat kann nich sein, dat is nich mööchlich, de Tore liegn doch ein Stünke aussenanda."

42

Indem abba kam von beidn Seitn de Brüdas innem Schloßhof gerittn un stiegn beide zum Könich hearauf.
Da sachte der Könich zu seina Tochta:
„Samma, wer issn getz dein Seega? Et sieht eina aus wie der andre, ich kannz nich wissn tun."

Se hatte Muffmsausn un konnte et au nich saagn, abba da fiehl ihr dat Halzband ein, dattse de Tiiare gegeehm hatte, suchte un fand den Löwn mit ihr göldnet Schlössken.
Da rief se vagnüücht:
„Der diesm Löwn nachfolcht, is mein Menne!"

Da beömmlte sich der junge Könich un sprach:
„Jau, Recht hasse Olle, ich binnet, dein Olla", un pfleetzte sich neehm ihr annem Tischken, se süppltn un spachtltn zusamm un waan mächtich fröhlich. Aahms, alz der Lorenz untaging un der Mond übba Wanne-Eickl schon schien, maschieate der junge Könich inne Fuazmolle un seine Olsche, de Könjin sprach:
„Hömma Schätzken, warum hasse inne voariegn Nächte imma ein zweischneidiget Schweat inne Poofe gelecht? Ich hatte ächt geglaupt, du wolltes mich totschlaagn."

Da eakannte der junge Könich, wie treu ihm doch sein Bruda geweesn wa, er hatte de Schagse nich genutzt, um sein Platz im Könichreich einzenehm un aunich mitte Prenzessin zu, na ihr wisst ja wat ich meine, nä !

Hömma dat Mäachen is getz aus, getz abba wacka waschn, Pipimachn un ap inne Fuazmolle un ratzn, woll.

ENDE

43

Säksse komm umme ganze Welt

Hömma, et wa eima nen Seega, der vastand wat von allalei Künstn, diente im Krieech un hielt sich brav un tapfa, abba alz der Krieech zu Ende ging, da bekaama den Apschied un drei Ockn Zehrmonetn auffe Kralle.

„Watte ma", sachta, „hömma, dat lassich mich nich gefalln, weisse. Find ich de rechtn Leutz, so soll mich der Könich nochn paar Schätzkes det Reichs hearausrückn."

Da ginga brässich un volla Zoan innem Wald un sah darinne einen am stehn, der hatte säks Bäumkes ausgeruppt, alz wäan et nua Strohalme. Da quatschte ihn der Seega an un sacht: „Ey hömma, willze mein Froint sein un mit mich ziehn?"

„Jau", sachta, „abba east willich meina Mudda dat bisske Holz bringn, damit se sich Muttaklötzkes füaret Feuja hackn kann."

Nahm einet vonnem Bäumke un wicklte dat umme fünf andren, vastehsse; hoop se auffe Schulta un truuch se heim. Nache Zeit kama widda un laatschtn gemeinsam foat, da sachte der Seega: „Ker, wia zwei solltn wohl umme ganze Welt laatschn wa."

Alze beide nen Weilken gelaatscht waan, fanden se nen Jääga, der laach auffe Kniee, hatte de Büchse angeleecht un ziehlte. Spraach der easte Herr: „Ey hömma Jääga, wat willze apknalln?"

Antwoatete er: „Hömma, zwei Meiln von hia sitzt ne Scheißhausfliege auffm Ast einet Eichnbäumkes, der willich de rechte Klüüse raus ballan."

„Oh, geh mit mich", sachte der Seega, wenn wa dreie zusamm sin, solltn wa wohl umme ganze Welt komm tun."

Hömma, der Jääga wa dazu bereit un folchte ihnen un se kamen zu sieeem Windmüühln, deren Flügels drehtn hastich umhea, abba et wa links un rechts nichn Hauch an Wind zu spüan un et beweechte sich au kein Blättken.
Da sachte der Seega:
„Ker, ich weiß nich, wat de Windmüühle antreibm tut, et reecht sich kein Lüftken",

un laatschte mit seine Kumpelz weita. Alza nun zwei Meiln weitagelaatscht waan, saahn se auffm Bäumken ein am sitzn, der hielt sich ein Naasnloch zu un bließ aussm andren.

„Ey hömma, wat treipze da?",
fruucha dem auffm Bäumke, der antwoatete:
„Weisse, in zwei Meiln Entfeanunk, da sin sieem Windmühle am steh tun, hömma, se blaas ich an, datsc laufm, vastehsse!?"

„Oh, du bis mich der richtge" sachte der Seega, „willze nich mit unz gehn, wenn wa viieare zusamm sin, solltn wa umme ganze Welt komm tun."

Da stiech der Blääsa runna un laatschte au mit. Übba de Zeit saahn se ein, der stand auf nua einen Flunken un hatte dat andre apgeschnallt un neehm sich geleecht.
Da sachte der Seega:
„Hömma, du hasset dich zum ausruhn abba nich grade bequeem gemacht."

Illustration: **Gordon Browne** 1858 – 1932 (Bild-PD-alt)

„Weisse, ich bin nen Läufa", antwoatete er, „un damit ich nich zu schnell wetze, habbich mich ne Porreepiepe apgeschnallt. Ey weisse, wennich nämmlich auf zwei Flunken am wetzen bin, gehdet viel rasanta, alz wie nen Vögelke am fliegn tut."

„Hömma du Wetza, wollze nich mit unz gehn? Wenn wa fünfe zusamm sin, komm wa wohl umme ganze Welt, weisse."

Da laatschte er au mit, un gaanich lange, so begeechneten se ein hömma, der hatte n´ Hüütken auffm Kopp, hatte et abba nua auf einem Ööaken am sitzn.
Da sachte der Seega zu dem:

„Manniealich! Maniealich! Ker, häng doch dein Hüütken nich nua auf einm Ööaken, du siehs ja aus wien Dööskopp."

„Hömma, ich daaf dat, weisse", sachte der andre, „denn setz´ ich mein Hüütken grad, so kommt n´ gewaltiga Frost un de Vögelkes untam Himmlken eafriean un falln dann tot zua Eade, vastehsse!?"

„Ey hömma, hass nich au Bock mit unz zu gehn, wia laatschn umme ganze Welt weisse un mit sonnen wie dich, solltn wa wohl umme Welt komm tun."

Nun laatschtn de säksse inne Stadt, wo irngs nen Könich hatte bekanntmachn lassn. Wea mit seina Schickse umme Wette feckln wollte un den Siech davontrüüge, der solle iha Macka weadn; wea abba valööre, müsste au sein Deetz dahea geehm tun.
Hömma, da meldete sich der Seega zu Woat un sachte:
„Ker Herr Könich, ich will mein Kumpl füa mich wetzn lassn."

Der Könich antwoatete:
„Du weiss ja, datte au sein Leehm dafüa zum Pfant setzn muss, nä. Also dat nich nua dein Kopp, sondan au sein Deetz füa den Siech meina Schickse dafüa haftn weadn, Woll!"

Alz de Wette apgemacht un besieeglt wa, schnallte der Seega dem Läufa sein zweitn Flunken an un sachte zu ihm:
„Nu ma huatich, wetz wacka un hilf unz, dat wa sieegn tun!"
Et wa abba au bestimmt woadn, dat wea alz easta dat Wassa aus nem apgeleegnen Brunn brächte, der sollte der Sieega sein.
Nun bekam der Läufa nen Kruuch un de Könichstochta eehmfallz un se fingn gleichzeitich am wetzn an; abba innem

Aungblick, alz de Könichstochta east ne kleine Strecke gewetzt wa, konntn de Zuschaua den Läufa nich mehr sehn tun un et wa au nich anners, alz wäare der Wind voabei gesaust, weisse. Hömma, in nua küazasta Zeit kama beiem Brunnen an, schöppte den Kruuch voll un keahrte widda um. Auffm Heimweech übbakam ihn abba de Müüdichkeit, pfleezte sich nieda, stellte den Kruuch neehm sich hin un ratzte wech. Er hatte abba n´ Zossnkopp, der da am Boodn laach alz Koppkissn gemacht, damitta haat lääge un wacka widda eawachte, weisse.

Indessn wa de Könichstochta, die au gut drauf im Wetzn wa, am Brunnen angelankt un feckelte wacka mittm Kruuch voll Wassa zurück; un alze dem Läufa da am lieegn un knackn sah, wa se froh un sachte:
„Hee, hee, hee, der Feind is in meine Pootn", leeate seinen Kruuch aus un hüppte freudich davon.
Nun wär allet valoan geweesn, wenn nich zum guutn Glück der Jääga mit seinen schaafm Glubschern, der oohm auffm Schlössken am stehn wa un allet mit angeglotzt hatte zum Könich spraach:
„Ker, ker, de Könichstochta is abba ne unfäare Tussi, se soll doch geegn unz nich aufkomm tun",

lud seine Büchse un schoß so geschickt, datta dem Läufa den Zossnschäädl unta seinem Kopp wechbalate, ohne ihn nua ein Hääken zu krümm, weisse. Da eawachte der Läufa, sprang inne Höhe un sah, dat sein Kruuch leer un de Könichstusse schonn weit voaraus wa. Hömma, ea valoar abba nich sein Mut, lief wacka mittn Kruuch zum Brunnen zurück, machte den widda mit Wassa voll, wetzte auf Deibl komm raus un wa noch zehn Minütkes eher alz de Könichtochta am Schlössken angelankt.

„Siehsse!", spraacha, „getz habbich ma meine Porrepiepm inne Flossn genomm, voahea wa et ja nich Laufm zu nenn."

Der Könich abba kränkte et un seine Schickse nomehr, datse sonnen olla gemeina un apgedankta Soldaat davonschleppm sollte; se kummeltn also mittenanda, wiese ihn, samt de ganzn Kumpelz un Geselln los wüadn.
Da sachte der Könich zu se:
„Hömma, ich happm Mittl gefunn, lass dich nich bang sein, se solln nich widda heimkomm."

Un sachte zu ihnen: „Hömma meine Froine, ihr sollt et euch guut gehn lassn, macht et euch gemüütlich, futtat un süpplt",

füahrte se zu ne Stuube, se hatte nen Boodn von Eisn un de Tüarn waan et auch, de Fenstakes waan mit eisanen Stääbm vawaaht. Inne Stuube wa ne Taafl mit köstlichn Speisn aufgetaan, da sachte der Könich zu ihnen:
„Geht ma da rein un lasst euch wohl sein tun!"

Hömma, wiese abba drinnen saaßn, ließ der Könich de Tüarn vaschließn un variegln machn. Er ließ den Koch antanzn un befahl ihm, nen Feujaken so lange unta de Stuube zu machn, biss dat Eisn glüühn tut.
Ker, dat machte der Koch un et waad den säkssn inne Stuube, wäarend se anne Taafl saaßn, ganz schöön waam unta de Fott un meintn, dat kääme vom Essn; alz abba de Hitze imma mächtiga wuade un se hinaus wolltn, de Tüarn un Fenstakes fest vaschlossn voafandn, da meaktn se east, dat der Könich Böset in Sinne gehappt hatte un se qualvoll eastickn solltn.

49

„Ker, so nich hömma, nich mit uns, dat soll ihm nich gelingn machn" sachte der mittn Hüütken, „Hömma, ich will nen Frost komm lassn, voa dem Sich dat Feuja schääm un vakrieechn soll."

Da setzte er sein Hüütken gerade auffm Kopp un alzbald fiel ein Frost inne Stuube ein, dat alle Hitze sich veapisste un de Speisn auffe Taafl anfingn zu frieaan. Alz nun ein paar Stündkes rum waan un der Könich glaupte, se wään inne Hitze vaschmachtet, ließa de Tüarn offm machn um nach se zu glotzn.
Ker hömma, alz dann abba de Tüarn aufgingn, da standn alle säksse da, ganz frisch un gesund un sachtn, et wär ihnen liep un teuja, datse ma langsam raus könntn, um sich zu wäamen, denn et wär aaschkalt inne Stuube un de ganzn Freßsalien sin anne Schüsslkes festgefroan un man könnte se nich mehr futtan.
Da ging der Könich volla Zoan hinap zum Koch, schallate ihn eine dat et nua so klatschte, weisse un fruuch, warumma et nich getan hätte, wat ihm befohln wa. Der Koch abba antwoatete:
„Et is Gluut genuch da Herr Könich, kumma selbz hia, allet is am loodan!"

Da sah der Könich, dat ein gewaltiget Feuja unta de Eisnstuube am loodan wa un meakte hömma, datta den säkssn auf diese Weise so nich anne Karre pissn konnte un musste sich wat andret übbaleegn. Nun kam et den Könich im Kopp, wieja de böösn Gäste losweadn konnte, ließ den Meista (also den fremdn Seega) komm un sachte zu dem:
„Ey, willze nich Gold nehm tun un dat Recht an meina Schickse aufgeehm, so sollze so viel Gold haabm machn, wieje willz."

„Jau ey, Herr Könich", antwoatete er, „gibb mich ma soviel mit, wie mein Kumpel schleppm kann un will meine Griffl von deina Schickse lasssn."

Da wa der Könich zufrieedn un jeena Seega quatschte weita: „So willich in zwei Wochn komm tun un et mich holn machn."

Darauf rief der Seega alle Schneidakes det Revias heabei, se musstn zwei Wochn lang auffe Fott sitzn tun un zusamm nen mächtign Sack näähn. Un alza feddich wa, musste der Staake, welcha de Bäumkes ausruppm konnte, den Sack auffm Buckl nehm un mit zum Könich laatschn.

Da sachte der Könich: „Hömma, wat is dattn füan Kawenzmann von Keal, der den hausgrooßn Balln aus Leinwand auffm Buckl träächt?", easchraak kuaz darauf un dachte: „Ker, wat wiad der mich wohl an Gold wechschleppm könn?"

Hieß ne Tonne Gold heabcibringn, die musstn säx ma zehm der stäakztn Männa aussm Könichreich heabeitraagn, abba der Staake packte allet mit nua eina Poote un steckte et innem Sack un sachte zum Könich: „Hömma, warum bringta nich gleich mehr von dem Geschneide, dat deckt ja kaum den Boodn meinet Säckchens, weisse."

Da ließ der Könich nomehr rankarrren, biss seine geliebte Schatzkamma ganz leer wa, der Staake schoop allet inz Säckzken hinein, abba der wa nonimma zua Hälfte voll, vastehsse!? Ker, da musstn noch sieemtausnd Waagn mit Gold aussm ganzn Reich rangekarrt weadn, dat schoop der Staake allet, samt mit voagespannte Ochsn in sein Säckzken un sachte:

„Ach ker, ich willz mich nich lange beglotzn tun un nehm wat da komm tut, damit der Sack ma langsam voll wiad, woll."

Wie allet soweit drinnen wa, ging abba noch viel mehr hinein; da spraacha:
„Hömma, ich will dem Ding nu ma nen Ende machn, man bindet nua eima nen Sack zu, au wenna nonnich voll genuch is, abba wat willze machn nä, wenn der Könich kein richtiga Krösus is un nua ne Flosse volla Gold besitzn tut."

Dann schmissa sich dat Säckzken auffm Buckl un laatschte mittn Kumpel foat. Alz der Könich nun sah, wie nua ein einziga Keal den ganzn Schatz seinet Reviaas foatschleppte, hatte er Tränkes inne Klüüsn gehappt.
Hömma, er waad ganz zoanich un hatte voll Brass auf de Halunkn, ließ seine Reitarei aufe Gäule aufsitzn un se den säkssn nachjaagn. Se hattn den Befehl, dem mächtich Staakn den Sack widda apzeneehm. Hömma, zwei Regimenta holtn se au bald ein un riefm ihnen zu:
„Ey ihr olln Halunkn, ihr seid getz Gefangne, leech dat Säckzen mittn Gold auffm Boodn oda ihr weadet von unz vawemst!"

„Ker, wat hasse gesacht?" sachte der Blääsa, „wia wäan Gefangne? Eher sollta inne Luft umhertanzn tun, bevoa wia aufgeebm machn",
hielt dat eine Naasnloch zu un blies mittn andan de Regimenta an. Da floogn se alle aussenanda, so richtich Hoch innen Himmelke hinein, ap inne blaue Luft, übba alle Haldn wech, der eine hiahin, der andra doathin, vastehsse!? Hömma, ein son olla Feldweebl bettelte um Graade, er hätte schonn neun Wundn un wär eingslich nen brava Keal, un er hätte dat nich

vadient, denn er wüade ja nua den Befehl ausfüahrn. Da ließ der Bläsa ein wenich nach, so dat der Feldweebl ohne Schadn zu nehm heabeikomm konnte, dann sachta zu ihm:

„Soo, getz geh hinne zu dein Könich un sach dem ma, er solle ruhich nommehr Reitas mit ihrn Zossn schickn machen. Ker, ich will se alle inne Luft un übba alle Beage blaasn, weisse."

Hömma der Könich, alza de Nachricht bekam un Bescheit wusste, sachte:

„Ach ker, lass de Halunkn ruhich gehn, se hamm mein Gold un ich meine Ruhe, abba wat besondret hamm se doch an sich."

Da brachtn de säksse den ganzn Reichtum, den se dem Könich apgelukst hattn heim, teiltn den ganzn Schisselmeng unta auf sich auf un leeptn wie nen Krösus, bis in alla Ewichkeit glückzlich un zufrieedn, biss an ihr Ende.

Ey hömma!

Un solltn se bis getz nonnich apgekratzt sein, dann leebm se hia imma noch ingswo im Ruhrpott, hinta irngswelche sieem Haldn, villeicht sogaa in Graafmwaldn un hamm ne Zipplmüze auffm Kopp un trällan mittn Micha: „Heiho, Heiho, getz simma widda froh, …. weisse Bescheit, nä.

ENDE

Meista Pfriem

Meista Pfriem wa nen mickriga, hagara, abba lebhafta Keal, der niemalz nen Aungblick Ruhe hatte, weisse. Seine Fresse, aus dem sein aufgestülpta Zinkn heavoaraachte, wa pocknnaabich un leichnblaß, seine Hääakes auffm Deetz waan grau un zottelich, seine Glubscha mickrich, abba se blitztn unaufhöalich rechtz un linkz hin- un hea. Hömma, er bemaekte allet, taadlte allet, wusste allet bessa un hatte imma mit alln recht, vastehsse. Ginga ma auffe Straaße, so ruudate er heftich mit beidn Aamen un eima ballate er ne Schickse eine, die nen Eima mit Wassa truch. Denn se hatte dat Eimaken so hoch inne Luft davongeschleppt, datta selpz davon begossn waad.

„Schaafkopp", schriea se an, indema sich schüttlte, „hömma, kannze nich glotzn, dat ich hinta dich am stehn tu?"

Seinet Handweaks hea wara nen Schusta un wenna am maloochn wa, so fuhra den Draat so gewaltich aus hömma, datta jeedn, der sich nich weit genuch wech von ihm inne Feane hielt, de Faust innen Leip stieß, weisse. Ker, nich´n einzga Geselle bliep länga bei ihm, er hatte imma anne beste Malooche wat auszezetzn gehappt, vastehsse!?
Irngswie waan de Stiche nich gleich, balt et waan Schühken länga alz dat andre, ma wa nen Apsatz höha alz der andre, oda et wa dat Leeda nich hinlänglich genuch geschlaagn woadn.

„Waate ma", sachta zum Leehrjungn, „ich will dich schonn zeign tun, wie man de Haut weich schläächt."

Ker, da holte er nen Riemen un gaap dem Lehrbengl damit ein paar Hiebe übban Buckl. Faulenza un Nichtstua nannte er se alle beim Naahm. Er selpz abba brachte nix gutet auffe Reihe, weila kein Vittlstündken ruhich sitzn bleim konnte, weisse. Wa seine Alsche frühmoangs aufgestandn un hatte Feuja gemacht, bliepa noch mittm Fott inne Fuazmolle am liegn, hüppe mitma ausse Poofe un wetzte so mitte blooßn Quantn inne Küche un schrie de Olle an:

„Ker, willze mich de Hütte apfackln? Hömma Olle, dat is ja n´ Feujaken, datte drauf nen Oxn brutzln kannz! Oda kost dat Holz keine Monetn?"

Wenn de Määchte am Waschfass am stehn waan un de Klamottn wuuschn, sich beömmeltn un dabei wie de Gänse gackatn un quatschtn, wat grade so Ambach wa, so wuade er brääsich un et schallte nua so, datta schrie:

„Ker, da stehn schonn widda de Gänse un schnattan un vagesssn übba ihr Gelaaba de ganze Malooche. Un wozu der frische Seife hömma? Heilloose Vaschwendung is dat un oohmdrein ne schäntliche Faulheit vonne Weiba. Se wolln sich nua dc Pootn schoon tun un de Klamottn nich richtich un oantlich sauba reibm."

Da hüppte er foat, stieß mit seinen Flunkn nen volln Eimaken mit Lauge um, so dat de ganze Küche übbaschwemmt waad.
Richtete man ma nen neujet Häusken auf, so feckelte er sofoat dahin un glotzte duachs Fenstaken, sah zu un sachte:
„Ker, da vamauan se widda den rootn Sandstein", riefa, „der niemlaz nich austrocknen tut; in der Hütte krisse de Viian un kein Mensch bleipt gesund. Un kumma, wie schlecht de Geselln de Steinkes übbananda setzn tun. Der Möatl taucht au nix. Hömma, da muss Kies rein, kein Sand, weisse. Ker, ker, ich ealeep et noch, dat hia den Leutz vonnem Häusken, ihnen de Hütte übban Kopp zusammfalln tut, nee, nee, nee."

Er pfleetzte sich widda in seine Weakstatt hin un tat nen paar Stichskes, dann spranga mitma wie vonne Tarantl gestochn auf, haake sein Schutzfell los un rief mit gewaltiga Stimme umhea: „Ker nee, ich will nua ma hinaus um de Leuzt inz Gewissn zu quatschn."

Er gerieet abba an de Zimmaleutz un machte ma widda den Herrmann.
„Ker, wat is dattn?", riefa. „Hömma, ihr haut ja gaanich nache Schnua. Ker, meinta etwa, de Balkn wüadn graade stehn tun? Nee, nee, et weicht hia eima allet ausse Fuugn."

Dann rissa nen Zimmamann de Axt ausse Flossn un wollte ihm zeign tun, wieja haunen müsste, alza abba ein mit Lehm belaadna Waagn sah, der hearangefaahrn kam, schmissa de Axt inne Ecke un sprang zu den Bauan, der neehmhea laatschte un sachte zu dem:
„Ey hömma, du biss wohl nich ganz bei Troost, wea spannt denn junge Gäule voam schwea belaadnen Karrn? Ker, solln mich de aam Viechas umfalln un vareckn machn?"

Der Baua glotze ihn nua blööde an un gaap keine Antwoat. Meista Pfriem machte keahrt un lief voa lauta Äaga un mächtich bräässich in seine Weakstatt zurück. Alza sich zua Maloche setzn wollte, reichte ihm ein Lehrbengl nen Schuh.

„Ker, wat is dattn schonn widda füan Kokolores?", schriea den Bengl an. „Habbich euch nich gasacht, datta de Schühkes nich so weit ausschneidn machn sollt? Ker, ker, nee, wea willen sonnen Schühken kaufm machn, an dem fast nix dranne is, alz de vadammte Sohle? Hömma, ich valange von euch, datta meine Befehle unmanglhaft un volla Gewissn befolcht weadn."

„Jaa nee, is klaa Meista", antwoatete der Lehrbengl, „Herr Meista, ihr mööcht wohl recht haabm, dat, dat Schühken nix taucht, abba et is der selbige, denna selpz zugeschnittn un in Maloche genomm happt. Alza abba voahin aufgesprungn seid, hapta ihn vom Tischken geschmissn un ich habbin nua aufgehoohm. Ker nee! Euch könnte et au kein Engelke aussm Himmlken recht machn tun, nua imma am Motzn un selpz nix auffe Reihe krieeng, weisse."

Sachte der Lehrbengl leise voa sich hin, Meista Priem wa Baff, sachte kein Ton, pfleetzte sich inne Ecke an seine Weakbank un machte widda nen paar Stichskes.

Meista Pfriem träumte inne Nacht, datta inz Grass gebissn hätte, wäare gestoam un befände sich auffm Weech zu Gott innen Himml.

Alza doat anlankte, kloppte er heftich anne Himmlspfoate un waatete, dat ihn aufgemacht wüade. Alza nun noch so anne Himmlzpfoate am stehn wa un waatete, dat ihm ma baldich aufgetan wüadc, sachta mitma:

„Ja ker hömma, et wundat mich doch, dat nich sonnen Ring aus Silba oda Gold annem Himmlztöaken is, man kloppt sich ja de Pootn wund."

Der Apostl Petrus öffnete dat Toa, weila sehn wollte, wea da son Radau veaanstaltet un son ungestüümen Einlass begeahrt un begrüßte den Neu-ankömmlink mit nem heazlichet „Glück auf" un quatschte weita:

„Ach ihr seid's Meista Pfriem, komma bei mich bei, ich will Euch wohl einlassn tun, abba ich waane Euch, datta von Eura Gewohnheit hia aplasst un nix taadln tut, watta hia imma im Himmelke au am sehn tut. Hömma, et könnt euch zimmlich üübl bekomm, vastehsse."

„Ker Petrus, du hättz dich de Eamahnunk ruhich spaan könn", eawiedate Meista Pfriem, „ich weiß schonn wat sich ziemt un hia is, Gotts sei et gedankt, allet vollkomm un nix zu taadln hömma. Wia sin hia ja nich untn auffe dreckige Welt, nä."

Er traat also ein un laatschte auf un ap duache Räume det Himmlz umhea. Er glotzte na rechtz, glotze na linkz, schüttelte abba au zuweiln mittn Kopp oda brummte etwat voa sich hin. Indessn eablickte er zwei Engelkes, wie se nen Balkn am wechschleppm waan. Et wa nen Balkn, den nen andra inne Klüüse gehappt hatte, wäahrnd er nachm Splitta inne Glubschn andra suuchte. Hömma, se truugn den Balkn nich der länge nach, nee dat machtn se nich, se truugn ihn quer, weisse.

„Ker, hat man schomma son quatsch gesehn", dachte sich Meista Pfriem;
doch hielt er seine Gosche, schwiech weita un gaap sich zufrieedn. „Et is ja im Grunde einalei, wie se den Balkn traagn tun, graadeaus oda quer, wennse nua damit übbaall duchkomm tun, nä. Abba ich tu ja sehn, se stoßn ja nieangswo an."

Bald heanach eablickte er widda zwei Engelkes, welche Wassa aus nem Brunnen innem Faß reinschöpptn, zugleich bemeakte er, dat, dat Fäßken völlich duachlöchat wa un dat Wassa von alln Seitn widda hearauslief.

„Ah, se tränkn de vadammte Eade mit Reegn", dachta sich.

„Donnalüttchen!" platze et spontan aus ihm hearaus, besann sich abba wacka widda un dachte so: „na, villeicht isset hia ja nua Zeitvareip; ker, wennz Spässsken machn tut.

So kamman deagleichn so unnütze Dinge hia im Himmelke machn, wo man, wie ich sehn tu, doch nua gefaulenzt wiad."

Illustration: **Curt Liebich** 1886 – 1937 (Bild-PD-alt)

Er laatschte also weita duache Gänge un Räumkes det Himmls un sah nen Waagn, der innem tiefm Loch am steckn gebliebm wa.

„Ja, kein Wunda", spraacha zu nem Keal, der dabeistand, „wea wiad denn so unvanüpftich un so däämlich auflaadn? Hömma, wat happta denn da?"
„Ja hömma, dat sin fromme Wünsche, weisse", antwoatete ihm der Keal, „Ker, ich konnte damit nich auffm rechtn Weech komm tun, abba ich hap den Karrn donnoch etwat aussm Dreck gezoogn.

59

Dann habbich den Waagn glückzlichaweise hia noch hearauf schieebm könn un hia weadn se mich damit ja nich am steckn lassn, weisse."

Jau hömma, un damit hatta au recht gehappt, denn et wuad ihm wiaklich, geholfm weisse, et kam n´ Engelke bei ihm bei un spannte dem ihm zwei Zossn voam Karrn.

„Hömma, dat findich abba töfte", meinte Meista Pfriem, „abba nua zwei Gäule bringn den Karrn nich wiaklich aussm Dreck, mindestenz viiare müssns schon sein tun."

Mitma kam nochn weitret Engelke heabeigeflattat un hatte nomma zwei weitre Gäule anne lange Leine beisich, dieja abba nich voam Karrn, sondan hintn dranne spannte, weisse. Ker nee! Dat waad et dem Meista Pfriem abba zu ville, weisse!

„Ey du döösiga Tollpatsch", bracha los, „wat soll dattn? Ja ker, wat machta denn füan Schisselameng? Ker, seita Meschugge, hat man jeemalz, solange de Welt am stehn is, auf sonne Weise nen Karrn aussm Dreck gezoogn? Da meinta wohl mit eujan dünkhaftn Übbamut, allet bessa Wissn zu tun, nee nee, nee."

Er wollte zwaa noch weita losleegn, abba eina vonne Himmlzbewohna hatte ihn schon am Aasch un Kraagn gepackt un schoop ihn mit unwiddastehlicha Gewalt hinaus. Unta der Pfoate drehte Meista Pfriem nomma nachm Waagn um un sah, wieja von viiea Flüüglzossn inne Höhe gehoobm wuade un widda frei wa.

In diesm Aungblick eawachte Meista Pfriem aus seine Träumkes.

„Ker, zum Deibl nee, et geht ja im Himmelke etwat andas vonstattn, alz hia auffe Eade", spraacha zu sich, „un da musse so manchet entschuldign. Ja ker, abba wea kann sich schonn geduldich mitanglotzn, dat man de Zossn voane un hintn gleichzeitich anspann tut? Freilich, se hattn Flügelkes, abba wea kann dattn schonn wissn, nä? Hömma, et is üübrigenz ne gawaltige Döösichkeit, Gäule, die viiea Flunken zum Laufm haabm, nochn paar Flügelkes anzuheftn. Abba getz mussich easma aufstehn, sonnz machn se mich in mein Häusken lauta vakeahrtet Zoichs. Hömma, et is wiaklich nen Glück, dat ich nonnich gestoam bin, weisse."

Un so machte Meista Pfriem weitahin mit seinen bessa Wissn un dummen Gelaaba de Leutz auffe Erda dat Leehm reichlich schwea. Er brachte weitahin ja selpz nix auffm Pinn un bölkte desweegn seine Lehrbengelz an, wenna selpz widda nen Fehla begangn hatte, um ihnen den schwattn Pedda zuzuschieem. Weisse Bescheit, nä

ENDE

Det Deibls ruußiga Bruda

Hömma, et wa eima nen apgedankta Soldaat, der hatte nix mehr zu futtan un wusste sich au nich mehr zu helfm machn. Da ginga einet Moangs innen Wald hinaus un alza son Weilken gelaatscht wa, begechnete ihm nen mickriget Männeken, dat wa abba in wiaklichkeit der Deibl weisse.
Dat Männeken sachte zu ihm:
„Ja ker, wat hasse denn? An wat fehltz dia? Ker du siehs so bedröpplt aus."

Da antwoatete der Soldaat:
„Ach ker hömma, ich hap son vadammtn Kohldampf, abba keine Monetn inne Täsch."

Der Deibl sacht:
„Hömma, willze dich nich bei mich vamietn un mein Knecht sein tun, so sollze füa dein Leeptach nich mehr Kohldampf schieebm; sieem Jäahrchen sollze bei mich bleim un mich dieen tun, abba danach kannze von mia aus de Sau rauslassn un biss frei, weisse. Abba einz tu ich dich saagn hömma, du daafs dich inne Zeit nich waschn, nich kämm, nich schnippm, nich de Schüppm un de Häahrkes schneidn un kein Wassa ausse Klüüsn wischn."

Der Soldaat antwoatete:
„Jau, geht klaa hömma, frisch anz Weak, wennz nich annas gehn tut"

un laatschte mittn Männeken mit, dat füahrte ihn graadeweechs inne Hölle hinein. Dann sachte et ihm, watta so am tun hätte: dat Häusken, also de Hölle rein haltn, den Kehrdreck hinta de

Tüare traagn, dat Feuja unta de Kessls schüüan, wo de Höllnbraatn drinsääßn un übbaall nach Oatnunk seehn machn; abba glotzta nua ein einziget Ma inne Kessls hinein, so wüad et ihm sehr schlimm eagehn tun.

Der Soldaat sachte:
„Is ja gut hömma, ich willz dich schonn so besoagn machn."

Da ging der olle Deibl widda hinaus auf Trallafitti un der Soldaat traat sein Dienzt an, er leechte Holz zum Feuja bei, er keahrte un truuch den Kehrdreck hinta de Tüare, allet machte er, so wie et ihm der Deibl befohln hatte. Alz der olle Deibl widdakam, glotzte er in alle Eckns, op allet so geschehn wa, wieja et befohln hatte; zeichte sich zufrieedn un laschte ein zweitetma foat. Der Soldaat glotzte sich nomma richtich um, da standn de Kessls rinks hearum inne Hölle un et wa ein gewaltiget Feuja drunna, et kochte un brutzlte darin. Er hätt ja füa sein Leeptach gean reingeschaut, wennz ihm der Deibl nich vabootn hätte: entzlich konnta sich nich mehr innehaltn, hoop vom eastn Kessl den Deckl n´ keinet bissken an, reskiate nen Blick un glotzte hinein.
Da saahra sein echemaalign Untaoffeziar darin an sitzn machn:
„Aha, du Voogl", sachta, „treff ich dich hia? Du hass mich gehappt, getz habbich dich hömma"

un ließ wacka den Deckl auffm Kessl falln, schüüate dat Feuja weita an un leechte kräftich nach. Hömma, danach ginga zum zweitn Kessl, hoop den Deckl au widda nen Stücksken, glotzte rein, da saaß sein Fähnrich drinnen:
„Aha, du Voogl", sachta, „treff ich dich hia? Du hass mich gehappt, getz habbich dich hömma",machte wacka den Deckl druff un holte nomma nen Muttaklötzken heabei.

Dat sollte et ihm ma recht heiß unta de Fott machen, weisse.

Illustration: **Philipp Grot Johann** 1841– 1892 (Bild-PD-alt)

Nun wolla au sehn tun, wea innem drittn Kessl sääße. Hömma, da waret gaa sein General weisse:
„Aha, du Voogl", sachta, „treff ich dich hia? Du hass mich gehappt, getz habbich dich hömma",

64

dann hoolte den Blaasebalch un ließ dat Höllnfeuja so richtich untam Kessl am flackan, vastehsse!? Der Soldaat tat also sieem Jäahrchen sein Dienzt inne Hölle, wuusch sich nich, schnippte sich nich, schnitt sich nich de Häarkes un de Schüppens un wischte sich au kein Wassa ausse Klüüsn; un de sieem Jäahrchen waan ihn so kuaz voagekomm, datta meinte, et wär nua nen halbet Jäahrchen gesweesn.

Alz nun de Zeit vollentz voabei wa, kam der Deibl bei ihm bei un sachte:
„Na hömma Hänzken, wat hasse allet gemacht?"

„Ja, weisse nich? ich hap dat Feuja unta de Kessls geschüüat, ich hap großreine gemacht un den Keahrdreck hinta de Tüare vabracht",

antwoatete der Soldaat. Da sachte der Deibl zu ihn:
„Jaa nee, is klaa, abba du hass au inne Kessls geillat: hömma dein Glück is, datte noch mehr Muttaklözkes nachgeleecht hass, sonz wär getz dein Leehn valoan; abba nun is deine Zeit rum. Un, willz widda heim, nä?"

„Jau", sachte der Soldaat, „ich will ma guckn, wat mein Alta so teibm tut."

Da quatschte der Deibl zum Hänzken:
„Hömma, damitte dein vadientn Lohn kriss, gehma un raffe dich dein Ranzn voll mit Keahrdreck un nimmz mit na Hause. Du sollz au so ungewaschn un ungekämmt gehn tun, mit Rauschebaat un langn Zottln an Kopp, au mit ungeschnittne Schüppm anne Griffl un mit tüübm Döppm, vastehsse!? Hömma, un wennze gefraacht wiaas, wohea du wech biss, dann

sachsse einfach: „ker ich komm ausse Hölle", un wennse Fraagn, wäare denn biss, dann sollze saagn tun, „ich bin det Deibls ruußiga Bruda un mein Könich au."

Der Soldaat wa ganz stikkum, schwiech un sachte nich ein Muckz, tat dat, wat ihm der Deibl sachte, abba wa mit sein Lohn gaanich zefrieedn.
So wieja nun widda oohm im Wald am stehn wa, hoopa sein Ranzn vom Buckl un wollte den ausschüttn machn: wieja ihn abba öffnete, so wa der ganze Keahrdreck mit ma puuaret Gold gewoadn un sachte:
„Ker, dat hätt ich ein Leeptach vom olln Deibl nich gedacht",

schloss den Ranzn widda un machte sich vagnüücht auffm Heimweech. Da kam Hänzken innem Städtken hinein un voa sonna olln Kaschemme, stand der Wiiat det Wiiatzhaus; un alza ihm am rankomm sah, easchracka, weil der Soldaat so entsätzlich aussah un sachte zu ihm:
„Ey du olleVooglscheuche. Ker wo bisse denn wech?"

„Hömma Herr Wiiat, ich komm ausse Hölle, weisse!", antwoatete Hänzken.

„Samma, wea bisse denn?", fruuch ihm der Wiiat weita.

„Hömma, det Deibls ruußiga Bruda un mein Könich!", sachte Hänzken.

Nun wollte ihn der Wiiat nich inne Kaschemme einkeahrn lassn, abba wieja ihm dat Gold zeichte, ginga wacka zua Tüare un klinkte se ihn offm. Da ließ sich Hänzken de beste Stuube geebm un köstlich aufwaatn, er futtate un süppelte sich satt, wuusch sich abba nich un kämmte sich au nich, so wie et ihm der Deibl geheißn hatte un leechte sich inne Poofe zum pennen. Dem Wiiat stand abba der Ranzn volla Gold voare Döppm un et ließ ihn keine Ruhe weisse, bissa inne Nacht hinschlich un et stebitzte.

Wie nun Hänzken am annan Moagen aufstand un dem Wiiat de Latte lackn wollte, da wa sein Ranzn wech. Er fasste sich kuaz am Kopp un dachte: „Ker, du biss abba ohne Schuld unglückzlich geweesn hömma" un keahre widda um, graadezu inne Hölle hinein; da klaachte er dem olln Deibl seine Not un baat ihn um rasche Hilfe. Der Deibl höaate et sich an un sachte: „Ach ker, setz dich ma hin, ich will dich waschn, kämm, schnippm, de Häakes un de Schüppm schneidn un dich de Klüüsn auswischn machn."

Alza ihn Flott gemacht hatte un Hänzken widda schnieke aussah, gaapa ihm den Ranzn widda volla Keahrdreck un sachte:
„Gehma hin un sach den Wiiat, er solle dich dat Gold widda rausrückn tun, sonz willich zu ihm komm un ihn apholn machn un er solle dann dein Platz anne Kessls bekomm un dat Feuja schüüan."

Hänzken laatschte los, ging inne Kaschemme un sachte zum Wiiat:
„Hömma du olla Sack, du hass mein Gold stebitzt, gippzet mia nich widda, so kommt der Deibl dich inne Hölle am holn un du kannz statt meina eina, dat Höllnfeuja schüüan un sollz so greulich aussehn tun, wie ich et wa."

Da gaap ihm der Wiiat dat Gold zurück un nomehr dazu weisse un baat ihn, nua still davon zu sein; un nun wa dat Hänzken nen reicha Krösus.

Hänzken machte sich wacka auffm Weech heim nach sein Vadda, kaufte sich nen schlechtn Kittl füa auf sein Leip, ging hearum un trällate nen Liedken. Denn dat hatta ja beim Deibl inne Hölle so geleaant.

Et wa abba son oll Könich im Reviea, voa dem mussta trällan un der geriet darübba in solcha Froide hömma, datta Hänzken seine älste Tochta zua Ehe vasprach. Alz de olle Schickse abba höaate, dat se son dösign Seega innem weissn Kittl heiraatn sollte, sachte se:
„Nee! Ey, bevoa ich dat machn tu, willich lieba inz tiefste Wassa gehen."

Da gaap ihm der Könich seine jüngste Schickse anne Flosse, die wolltz ihrm Vadda zuliebe geane tun; un also bekam det Deibls ruußiga Bruda de Könichstochta un alz der Könich gestoabm wa, dat ganze Reviea dazu.

ENDE

Der Wolf un der Fucks

Hömma, et wa eima nen Wolf un nen Fucks ... un der Wolf hatte den rootn voll unta seine Fittiche, weisse. Un wenn der Wolf ihn wat sachte, musste er genau dat machn tun, watta wollte, weila ja der schwächere von beidn wa, abba der Fucks wäare den Seega am liepstn los gewoadn, vastehsse!? Et truuch sich so zu, dat beide duachn Wald laatschtn, da sachte der Wolf:
„Ey Rotfucks, schaff ma wat zum spachtln bei, oda ich futta dich auf!"
Da antwoatete der Fucks:
„Hömma Wolf, ich weiss da nen Bauanhof, wo nen paar schmackhafte Lämmkes sin, hasse au Bock drauf, dann lass unz einz holn machn."

Dem Wolf wa et recht un billich, also laatschtn se doat hin un der Fucks stebitzte dat Lämmken, brachte et dem Wolf un se machtn sich vom Akka. Der Wolf vaputze sich dat Vieh, wa damit abba nonnich zufrieen, sondan er wollte dat andre au haabm tun un ging nomma hin, um et sich zu holn.
Abba weil sich der Wolf viel zu dösich anstellte, wa et der Mudda vonne Lämmas gewahr gewoadn un machte mächtich Radau, et schrie un bölke nua so hearum, dat de olln Bauan heabeigefecklt kamen. Se fanden den böösn Wolf un vawemmsten den so eabäamlich nach Strich un Faadn, datta hinkent un plärrent zum Fucks ankam, weisse.

„Hömma, da hasse mich ja abba ganz schöön vaäpplt", spraacha zum Fucks, „ich wollt mich dat andre Lämmken holn tun un da hamm mich de Bauan am Schlawittchen gekricht un mich mächtich vadroschn."

69

„Du biss ja auch´n Vielfraß un Nimmasatt", sachte der Fucks.

Hömma, am andren Tach gingn se inz Feld, der Lorenz wa am Nammitach noch töfte am knalln dranne, da quatschte der Wolf zum Fucks:
„Ey Rotfucks, ich hap mächtich Kohldamf, schaff mat wat zum spachtln bei, sonz fress ich dich selpz auf."

„Hömma Wolf, ich weiss da nen Bauanhäusken, da backt de Olle Bäujarin aahms imma frische Pannkuuchn, wolln wa unz davon nich welche hooln machn."

Dat fant der Wolf sowat von töfte un se laatschtn hin, der Fucks schlich ums Häusken hearum, glotze un schnuppate so lange rum hömma, bissa entzlich ausfindich machn tat, wo dat Schüsselke mitte Pannkuuchn standn tut, zooch sich säckse runna, machte wacka de Biege un brachte se dem Wolf.

„Hömma, hia hasse wat zu spachtln", sachta zum Wolf un ging seine Weege.

Der Wolf hatte de Pfannkuuchn in nua ein Aungblick runna geschluckt un dachte dann: „Ker, wattn Schmackofatz, se schmeckn einfach na mehr", ging zum Fenstaken hin un riss graadezu dat ganze Schüsselke hearunna, dat se nua so in tausnd Stückskes zeasprank. Hömma, dat gaap nen gewaltign Läam, dat de Olle aussm Häusken hearauskam un alze den Wolf sah, rief se de Leutz heabei. Se eiltn wacka hearan un det Wolfs Aasch, hatte ma widda Kiiames, weisse. Se schluugn den aam Wolf wat dat Zoich hielt, bissa windlweich wa, ließn von ihm ap, datta mit zwei lahmendn un hinkndn Flunken apdackelte un plärrent aussm Wald zum Fucks lief.

70

„Hömma, wat hasse mich widda gaastich ausgetrixt!" riefa, „de olln Bauan hamm mich ma widda eawischt un mich de Pelle gegeaapt, ich hap Piene dat glaupse nich."

„Ker nee, wat bisse au son Vielfraß un Nimmasatt", antwoatete der Fucks.

Am drittn Tach, alz se beide draußn beisamm saaßn un der Wolf nua mit viel Mühe foathinkn konnte, qutschta zum Fucks: „Ey Rotfucks, ich hap mächtich Kohldamf, schaff mat wat zum spachtln bei, sonz fress ich dich selpz auf."

Der Fucks antwortete ihm: „Hömma Wolf, ich kenn da son Seega, der hat heute geschlachtet un dat ganze gesalzne Fleisch watta hat, liecht imma innem Faß im Kella. Ker, solln wa unz dat nich holn tun?"

„Ja sicha", sachte der Wolf, „abba ich will gleich mitgehn tun, damitte mich hilfs, wennich ma widda innu Brodulljc komm un nich foat kann."

„Jau, wennze meinz", sachte der Fucks un zeichte ihm ganzn de Schliche un Weege, auf welche se entzlich innen Kella gelanktn. Da waad nun Fleisch im Übbafluß un der Wolf machte sich gleich daran un dachte: „Biss ich aufhöare, hats ja Zeit." Der Fucks ließ et sich au gut mundn un glotze übbaall hearum, lief abba zu dem Loch, duach welchet se reingekomm waan un vasuuchte, oppa imma noch duachkäme, denn sein Leip wa duach dat ganze futtan det Fleischs, nich mehr so schmal wie voahea, vastehsse!? Da sachte der Wolf zum Fucks: „Samma lieba Fucks, wat rennze so hin- un hea un hüppz imma hinaus un widda hinein?"

71

„Weisse Wolf, ich muss doch sehn, op niemand am komm tut",
antwoatete der Listige, „Hömma, friss ma nich zu viel, nä."

„Ker, mach dich weegn mich kein Kopp, ich geh von hia nich
eher wech, bevoa dat Fäßßken nich leer is", sachte der Wolf.
Indessn kam der Baua der den Läam von det Fuckset Sprünge
gehöat hatte innen Kella.
Der Fucks, wieja ihn sah, wa mit nua einem Satz in Freiheit;
der Wolf wollte ihm wacka nach, abba er hatte sich so dick un
fett gefuttat, datta duach dat Löchsken nich mehr duach konnte
un bliep mit seina Wampe am steckn. Hömma, da kam der
Baua mittn dickn Knüppl un schluch den Wolf tot. Der Fucks
abba sprang nun fröhlich un vagnücht innen Wald zurück un
wa froh hömma, datta den olln Nimmasatt los wa.

Illustration: **Franz Müller-Münster** 1867 – 1936 (Bild-PD-alt)

ENDE

De beidn Wandra

Haldn un Tääla begechnen sich nich, wohl abba de Menschnkinnas, zumal gute un böse, weisse. Hömma, so kam et au eima voa, dattn Schusta un nen Scheidaken auffe Wandaschaft zusamm kamen. Dat Schneidaken wa nen mickriga un hüpscha Seega un wa imma fröhlich, lustich un guta Dinge, weisse. Er sah den Schusta, der vonne andren Seite heabei- gelaatscht kam, un da er an sein Felleisn meakte hömma, watta füan Handweak betriep, riefa ihn ein Spottliedken zu:

„Nähe mich de Naht,
ziehe mich den Draht,
streich ihn linkz un rechtz mit Pech,
schlaach, schlaach et fest, sonz hat'z kein Zewch."

Der Schusta abba, wa son Miesepeeta un konnte keine Spässkes ap weisse, hömma, er zooch ne Fresse un nen Flunsch, alz oppa Essich gesüpplt hätte un wollte dat Scheidaken am Aasch un Kraagn packn, vstehsse!? Der kleine Keal fing abba an sich zu beömmeln, reichte ihm seine Pulle un sachte:

„Ker hömma, et is ja nich böös gemeint, süppl dich ma nen Schlücksken un schluck de Galle widda runna."

Der Schusta tat nen mächtign Schluck un hatte nen oantlichn Zuch drauf, dat sich dat Gewitta in seina Fratze anfing sich zu vaziehn, er gaap dem Schneidaken seine Pulle widda un sachte: „Hömma, ich hap ihr wohl oantlich zugesprochn nä, man sacht wohl vom vieln Süppln, abba nich vom mächtign Duast, woll. Ker, samma, womma nich zusamm wandan?"

73

„Dat is mia recht", antwoatete dat Schneidaken, „wennze Bock hass, mit inne große Stadt zu gehn, wo et an Maloche nich fehln tut, dann komm."

„Hömma, graade dahin wa ich au untaweechs", antwoatete der Schusta, „in son kleinet Kackdoaf kannze ja au nix vadien, nä un auffm Lande gehn de Leutz au lieba Baafuß hömma."

Se wandaatn also zusamm weita un setztn imma nen Flunkn voam andren, wie de Wiesl im Schne, vastehsse. Jaa, Zeit genuch hattn beide ja, abba nix zwischn de Hauas zu futtan. Wenn se inne Stadt kamen, so gingn se imma umhea un grüüßtn dat Handweak. Un weil dat Schneidaken so frisch un munta aussah hömma un au so töfte roote Wangn hatte, so gaap ihm jeeda geane un wenn dat Glück mit ihm wa, so gaap ihm de Meistastochta unta de Haustüare au noch'n Knuutscha mit auffm Weech. Wenna mittn Schusta widda zusammtraaf, so hatte er imma ein Lächln auffe Lippm, denn sein Bündl wa imma bessa gefüllt. Der graamige Schusta zooch ne Flappe un meinte:
„Je größa der Schelm, je größa dat Glück!"

Abba dat Schneidaken fing an sich zu beömmln un zu trällan un teilte mit ihm allet, watta so bekam, denn er wa ja sein Kumpl, weisse. Klingltn nun ein paar Groschn in seina Tasche, so ließa au dick auftraagn, schluuch voa Froine auffm Tischken, dat de Gläsas tanztn un et hieß:
„Hömma, leicht vadient, is leicht vatan!"

Alz se ne Zeitlang gewandat waan, kamen se innen mächtich großn Wald, duach welcha der Weeh nach Wanne-Eickl ging. Et füahrtn doat abba zwei Fußsteige hinduach, wovon der eine

sieem Taage lang, der andre abba nua zwei Taage dauate, abba niemand wusste, welcha der küazere Weech wa. De beidn Wandra pfleetzn sich eastma untan Eichnbäumken un kummltn aus, wiese voagehn un füa wieviel Taage se Brot mintnehm wolltn. Der Schusta sachte:
„Hömma, man muss weita denkn, alz man geht, ich will füa sieem Taage Kniftn mitnehm."

„Wat", sachte dat Schneidaken,"füa sieem Taage Kniftn mit auffm Buckl schleppm wien Lastviech un sich nich umglotzn? Hömma, ich halt mich an Gott un keahre mich um nix, weisse. De Monetn die ich inne Tasche happ, dat is im Somma so gut wie im Winta hömma, abba de Kniftn weadn inne heißn Zeit trockn wien Fuaz un oohmdrein noch schimmlich. Mein Rock geht au nich länga wie auffe Knöchl. Warum wolln wa nich gleich den richtgen Weech findn tun? Füa zwei Taage Brot, dat is genuch weisse."

Et kauftn sich also jeeda sein eignet Brot füan Weech, dann laatschtn se ebent auf gut Glück innen Wald un innen Tach hinein. Hömma, im Wald wa et so muksmäuskenstill wie inne Kiiache, weisse. Kein Lüftken wa am weehn, keine Becke rauschte, keine Vögelkes trällatn un duach de dichtbelauptn Äste drang kein Strahl vom Lorenz heavoa. Der Schusta quatschte kein Woat, denn ihm drückte dat schweare Brot auffm Pelz, datta inz ööln kam un ihm sein Schweiß übba seine vadrissliche un finstere Fratze runnalief. Dat Schneidaken wa ganzvagnücht, hüppte dahea, trällate nen Liedken oda pfiff auffm Blatt un dachte bei sich: „Gott im Himmlke muss sich freun tun, dat ich so lollich bin."
Hömma, zwei Taage ging et so un alz am drittn Tach noch kein Ende det Walds zu seehn un diesa kein Ende neehm wolte un

dat Schneidaken all seine Kniftn veaspachtelt hatte, so fiel ihm sein Heazken abba inne Buxe; indessn valoora abba nich den Mut, sondan valieß sich auf Gott un sein Glück, weisse. Den drittn Tach leechte er sich aahms mit Kohldampf unta nen Bäumken un stiech am andren Moagn widda hunrich auf. So ging et au den viiartn Tach un wenn der Schusta, der fiese Möp sich ma auffm umgestüaztet Bäumke setzte un seine Dubbels spachtelte, so bliep dem Schneidaken nix aussa Zuzusehn, weisse. Bat er abba ummen Knäbbl, so lachte der andre sich höönisch un sachte dann:

„Ker, du waas imma so lollich drauf. Wat geht? Getz kannze auma vasuuchn, wie et tut, wennze nich lollich biss; de Vögelkes, die moangs inne früh trällan tun, se holt sich aahms der Haabicht, woll."

Nua kuaze Zeit wa der Schusta ohne Baamheazichkeit. Am fünftn Tach konnte dat aame Schneidaken nich mehr aufstehn un vor Mattichkeit kaum nen Woat saagn; seine Wangn waan ihm weiß wie ne Kalkwand un seine Klüüsn root. Da sachte der Schusta zu ihm:

„Ker, dat kann sich ja keina mitanglotzn, heute kriss ma ne Knifte ap, abba dafüa willich dich de rechte Klüüse ausstechn tun."

Dat unglückliche Schneidaken, der doch gean sein Leehm eahaltn wollte, konnte sich nich andas helfm: er heulte nomma Rotz un Wassa aus beidn Glubschas un hielt se dann hin. Der Schusta, der nen Heazken von Stein hatte, staach ihm mittn schaafm Zachl de rechte Küüse aus. Dem aam Schneidaken kam abba innem Sinn, wat ihm sonz seine liebe Mudda imma mit auffm Wech gegeehm un zu ihm gesacht hatte, wenna alz Blaage inne Speisekamma ma naschte:

„Spachtln, soviel man mag un leidn, wat man muss."

Alza seine teuja berapptn Kniftn vazeahrt hatte, machte er sich widda auffe Porreepiepm, vagaaß sein Unglück un tröstete sich damit, datta ja imma noch mit eina Klüüse, genuch seehn könne. Abba am säkztn Tach meldete sich eaneut der Hunga un er hatte mächtich Kohldamf un et zeahrte ihm dat Heazken fast auf. Er fiehl aahms bei nen Bäumke nieda un am sibbtn Moagn konnte er sich vor Mattichkeit nich eraheebm un der Tod saß ihm im Nackn hömma. Da sachte der Schusta:
„Hömma, ich will Baamheazichkeit ausüübm tun un dia nomma wat zu spachtln geehm; umsonz isset abba nich, ich stech dich dafüa noch de andre Klüüse aus."

Da eakannte dat aame Schneidaken sein leichtsinniget Leehm, baat dem liеem Gott um Vazeihjunk un spraach:
„Ker, dann mach, watte machn muss, ich will leidn, wat ich leidn muss; abba bedenke, dat unsa Herrgot nich jeedn Aungblick richtet un dat au ma n´ andret Stündken komm tut, wo de bööse Tat vagoltn wiad, die du an mich vaüübm tuhs un die ich nich von dia vadient happ, weisse. Hömma, ich happ in guutn Taagn imma mit dich dat geteilt, wat ich hatte. Mein Handweak is vonne Aat, dat Stich muss Stich veatreibm. Wennich keine Glubschas mehr happ un nich mehr näähn kann, so mussich bettln gehn. Ker, laß mich nua, wennich blind bin, hia nich alleine am liegn hömma, sonz mussich hia qualvoll vaschmachtn un Kohldampf schieem."

Der Schusta abba, der Gott aussm Heazken gestrichn hatte, nahm den Zachl un staach ihn, ohne mitte Wippa zu zuckn, de linke Klüüse aus. Dann gaapa ihn nen Kantn vom Brot zu futtan, reichte ihm nen Stock un füahrte ihn langsam hinta sich hea. Alz aahms der Lorenz untaging, kamse aussm Wald un voam Wald auffm Feld, da stand nen Galgn, dahin leitete der Schusta den blindn Schneida, ließ ihn da am lieegn un ging seina Weege alleine weita. Voa Müüdichkeit, Kohldampf un Piene pennte der Unglückliche ein un ratzte de ganze Nacht. Alz der neue Tach dämmate, eawachte dat aame Schneidaken un wussta abba nich, wo er sich befindn tut. Am Galgn hingn zwei aame Sünda un auffm Deetz einet jeedn saß ne Krähe. Da fing der eine am quatschn an:

„Ey Bruuda, bisse wach?"

„Jau, binnich hömma", antwoatete der zweite.

„Hömma, so wilich dich wat saagn tun", fing der easte widda an, „der Tau, der heut Nacht übba unz vom Galgn gefalln is, der gibbt jeedn, der sich damit waschn tut, seine Klüüsn widda. Ker, wenn dat de Blindn wüsstn. Hömma, wie manch eina könnta seine Fratze widdahaabm der nich glaum tut, dat et unmööchlich is."

Alz dat aame Schneidaken dat höaate, nahma seine Rotzfahne, drückte se aufs Grass un alz et mittn Tau befeuchtet wa un damit seine Aunghööln wusch, ging alzbald dat in Eafüllunk, wat der eine Gehänkte am Galgn ausgequatscht hatte un ein paar frische un gesunde Glubscha fülltn seine Höhln. Et dauate nich lange, so sah dat Schneidaken den Lorenz übba de Halde Hohewaad am aufgehn machn, voa ihm laach de schwatte Ruhrpottstadt Wanne-Eickel mit ihrn prächtign Zechntoorn, den vieln Föadatüamen un de golnen Kreuzkes, die auffe Kiiachnspitzn standn un anfingn zu glüühn. Hömma, er untschied widda jedet Blättken anne Bäumkes un eablickte de Vögelkes, die voarübbafloogn, au de Mückns, die inne Lüfte am tanzn waan, konnta seehn. Dann holte er Näähnaadl un Zwian raus un alza den Zwian einfäädln konnte, so gut, wieja et schonn alz junga Bengl konnte, so hüppte sein Heazken voa Foide. Er waaf sich aufe Knie, dankte dem lieem Gott füa seine eawiesene Gnaade un sprach sein Moagnseegn. Er vagaß abba au nich, füa de aam Sünda zu bittn, die da am wie de Schwengls inne Glocke am Galgn hangn un der Wind se annenanda schluuch. Dann nahma sein Bündl aufm Buckl un veagaaß alzbald darauf hin dat ausgestandene Heaznsleid wat ihm widdafaahn wa un ging weita unta Trällan un Pfeiffm in Richtung der Ruhrpottstadt Wanne-Eickel.

Dat easte, wat ihm begeechnete, wa nen junget braunet Fohln, der frei im Felde umheasprang. Hömma, er packte et wacka beie Mähne un wollte sich aufschwingn un inne Stadt reitn.
Der Zosse abba baat um seine Freiheit un spraach:
„Ker, ich bin do noch son junga Hüppa", sachte der junge Gaul, „au son leichtet Schneidaken wie du et biss, bricht mich mein Buckl entzei, hömma, lass mich ma am laufm, biss ich staak genuch gewoadn bin. Et kommt villeicht ne Zeit, wo ich et dich lohnen kann, weisse."

„Jau, recht hasse! Lauf hin", sachte dat Schneidaken, „ich sehe hömma, du biss au noch son Springinzfeld."

Er gaap den Zossn noch′n Klappz auffe Fott, dat et voa Froite mitte Hintaflunkn ausschluuch un übba Heckn, Büschkes un Grääbm sprank un inz Feld hineinjaachte.

Ker, dem Schneitaken knuarrte voa Kohldampf der Maagn, denn er hatte ja seit gestan nix mehr gespachtelt.

„Der Lorenz" spraacha, „er füllt mich zwaa de Klüüsn, abba dat Brot nich im Mund. Dat easte wat mich begeechnet un halpweechs genießbaa is, muss heahaltn un wiad veaspachtelt."

Indem solzieate ein Stoach ganz eansthaft un Stolz übba ne Wiese. „Halt, halt", rief dat Schneidaken un packte im beim Flunken, „hömma, ich weiß ja nich, oppe zu genießn biss, abba ich happ Kohldampf un der ealaupt mich keine andre Wahl, ich muss dich köppm un brutschln."

„Ker, tu dat nich", antwoatete der Stoach, „ich bin nen heiliga Voogl, dem niemand nen Leid antun soll un der den Menschn mächich nutzn bring tut. Hömma, lässte mich mein Leehm, so kannichs dia ein andret ma vagelt."

„So, dann zisch ap, Vetta Langbein", sachte dat Schneidaken.

Da eahop sich der Stoach, ließ de lang Porreepiepm am hängn un flattate gemäächlich davon.
„Ker, ker, wat soll nua draus weadn?, dachte dat Schneidaken, „mein Kohldampf wiad imma größa un mein Maagn imma leera. Hömma, wat mich getz innen Weech kommt, dat is valoan un wiad vaputzt."
Hömma, indem Aungblick saahra aufm Teich nen paar junge Entkes am daheapaddln un rief ihnen zu:
„Dat is domma n´ Schmakofatz, ihr kommt wie geruufm."

Er packte eine un wollte se den Halz umdrehn. Da fing de Muddaente, die innem Schilf am stecktn wa, laut am kreischn an, paddlte wacka mit aufgespearrtn Schnaabl heabei un baat ihn flehendlich, sich ihra lieebm Blaagn zu eabaamen un se nich zu köppm.

„Ker hömma, denkze nich, wie deine Mudda jamman wüade, wennse dich wechholn un dia den Garaus machn wolltn?", sachte de Muddaente.

„Ach ker, sei Stikkum", sachte dat gutmüütige Schneidaken, „du sollze ja alle behaltn tun" un setzte dat gefangne Quitscheentken widda inz Wassa. Alza sich umdrehte, stanta voa nem olln Bäumke, der schonn halp hohl wa un sah, wie de wildn Bienkes doat aus- un einfloogn.

„Ja, wer sachts denn, da finde ich gleich den Lohn füa meine guutn Taatn", sachte er, „der Honich wiad mich laabm."

Abba der Weisl kam aussm Bäumke hearaus, drohte un sprach: „Hömma, wennze mein Volk au nua anrüahrs un mein Nest zeastöas, so solln dich unsre Stachln wie zehntausnde glüühnde Naadln inne Pelle faahrn. Lässte unz abba in Ruhe hömma, so wolln wa dia ein andretma dafüa inne Dienzte treetn machn."

Dat Schneidaken sah, dat au hia nich zu holn wa un sachte: „Ker, drei Schüsselkes voll leer, inne viieatn au nix drinne, dat is ne schlechte Maahlzeit, weisse."

Er schleppte sich also mit leean Maagn nach Wanne-Eickel un da et graade vom Kiiachtuam zua Mittachszeit läutete, wa füa ihn inne Kaschemme schonn gekocht un er konnte sich gleich wacka zu Tischken setzn, Alza aufgefuttat hatte un voll satt wa sachta:
„Ja hömma, getz bisse gesätticht, getz kannze Maloochn gehn."

Er laatschte inne Stadt umhea, suuchte n´ Meista, woha au bald untakomm konnte un fant alzbald au ein, mittn gutet

Untakommen. Daara abba sein Handweak von Grund auf geleaant hatte, so dauate et au nich lange, so waare inne Stadt ganz berüühmt un jeeda wollte von ihm seine neujen Plörren von den mickrign Schneidaken gemacht haabm. Alle Taage nahm sein Ansehn zu un da sachta zu sich: „Hömma, ich kann in meina Kunst zwaa nich weitakomm, abba doch geht's jeedn Tach bessa."

Entzlich wa et soweit un nen Könich bestellte ihn zu seinem Hofschneida. Abba wie et inne dreckign Welt so gehn tut, dat weisse un kennze ja nä: denn am selbign Tach wuade au sein alta Kumpl un Kamerat, der olle Schusta, au Hofschusta beim Könich. Alz diesa dat Schneidaken eablickte un sah, datta widda zwei gesunde Glubscha hatte, so peinichte ihn dat Gewissn.

„Ker nee nä, ehe er Rache an mich nimmt", dachta beisich selpz, „mussich ihm ne Gruube graabm".
Abba du weiss ja, wea andren ne Gruube grääpt, fällt selpz hinein, nä un so kam et au, weisse.
Aahms, alza Feiaaahmt gemacht hatte un et dämmarich wuade un der Mond übba Wanne-Eickel am stehn wa, schlicha zum Könich un sachte:
„Ker Herr Könich, dat olle Schneidaken issn übbamüütiga Seega, der hat sich aufgeöppt un behauptet, datta de goldne Krone widda heabeischaffm könne, die voa altn Zeitn valoan gegangn is."

„Ja ker, dat wäar nua recht un billich un soll mia nua lieb sein hömma", un ließ am andan Moagn dat Schneidaken zu sich bittn un befahl ihm, datta de goldne Krone widda beischaffm, oda de Stadt füa imma vealassn solle.

82

„Ker, hömma, dachte dat Schneidaken, „nen Schelm gippt mehr alza hat. Wenn der brääsige Könich von mia valankt, wat kein Mensch leistn kann, so willich mich waatn bis moagn, sondan mich gleich auffe Puuschn machn un heute widda ausse Stadt hearauslaatschn.“

Er schnüüate also sein Bündl, alza abba aussm Tor hearaus wa, so tat et ihm doch leid, datta sein Glück aufgegeehm un de Stadt, in der et ihm so gut gegangn wa, mittn Buckl anglotzn sollte, weisse. Dat Schneidaken machte sich also auffm Weech un kam zurem Teich hin, woha de Bekanntschaft mitte Entkes gemacht hatte, da saaß graade de alte schattrige, deera ihre Jungn gelassn hatte am Uufa un putzte sich ihrn Schnaabl. Se eakannte ihn sofoat un fraachte, warumma denn sein Deetz so am hängn lässt, op ihm denn koddrich sei.

„Hömma, du wiass dich nich wundan, wennze hööas, wat mich begeechnet is“, antwoatetc dat Schneidaken un quasselte weita sein Schicksal aus.

„Ja ker, wennz weita nix is“, sachte dat Entken, „da könnwa Raat schaffm. Hömma, de Krone det Könichs is voa langa Zeit ins Wassa geplumpzt un lieecht untn auffm Grund det Teichs. Ker hömma, se hammwa wacka widda rausgefischt. Breite ma deaweil ruhich dein Tuuch am Uufa aus.“

Se tauchte also mit ihre zwölf Quitscheentkes, ihrn Blaagn hinap un nach fünf Minütkes wa se widda oohm un saaß mittn im Krönken. Ihre zwölf Blaagn, die unta ihre Fittiche ruhtn, paddeltn rund hearum un hattn ihre Schnääbl untageleecht un halfm so dat traagn. Se schwamm anz Uufa un leechtn dat Krönken auffe Rotzfahne det Schneidakens. Ker, du glaupz nich, wie prächtich dat Krönken wa, wenn der Lorenz drauf am schein wa un se glänzte wie hunnattausnde Kaafunklsteinkes un machte ächt wat hea hömma.

Illustration: **Curt Liebich** 1886 – 1937 (Bild-PD-alt)

Dat Schneidaken packte also alle viiea Zippl vonne Rotzfahne zusamm un truuch dat widdabeschaffte un valoangegangne Krönken zum Könich, der volla Froide wa un dem Schneidaken ne töfte blinknde goldne Kette ummen Halz hing. Ker hömma, alz der Schusta dat sah, dat sein Steich misslungn wa, so besanna sich auf nen zweitn un wollte dem aam

84

Schneidaken ma widda ein inne Rippm mitgeehm un laatschte zu Könich, trat voa ihm un sachte:

„Ach ker, Herr Könich, dat olle Schneidaken is ma widda so übbamüütich gewoadn. Er is so vamessn, datta dat ganze könichliche Schlössken mit allm, wat darinne is, op los oda fest, innen oda aussn, in Wackz apzebildn."

Hömma, da ließ der Könich dat Schneidaken komm un befahl ihm, datta dat ganze könichliche Schlössken mit allm, wat darinnen wääre, op los oda fest, innen un aussn, in Wackz apzebildn un wenna dat nich zustande bekääme, oda et feehle nua ein Nägelken anne Wand, so sollta sich zum Deibl scheean un zeitleehms unta de Eade gefang sitzn. Dat Schneidaken dachte: "Ker, et kommt imma Brassl auf mich zu, dat hälze im Kopp nich aus. Ich hap kein Bock auffe sibbte Sohle voa Kohle zu veasauan, weisse", waaf sein Bündl übban Buckl un machte de Biege. Alza beim laatschn am hohln Bäumken voabeikam, pfleetzte er sich nieda un ließ sein Kopp am hängn. De Bienkes kamen hearausgefloong un der Weisl fraachte, wat Ambach is un oppa nen steifm Halz hätte, weila ja sein Deetz so am hängn lässt.

„Ker nee", antwoatete dat Schneidaken, „hömma, mich drückt der Schuh woannas, weisse" un eazähhlte ihn den ganzn Schisselameng.

Un er quatschte un quatschte, allet wat der Könich von ihm gefoadat hatte. De Bienkes indessn fingn untananda am summen un brummen an un der Weisl sachte:

„Hömma mach dich ma kein Kopp, gehma widda na Haus, abba komm moagn umme selbe Zeit widda un bring nen mächtich großet Tüchsken mit, so wiad allet gut gehn tun."

85

Da keahrte dat Scheidaken um un de Bienkes floogn nachm könichlichn Schlössken, graadezu duache offne Fenstakes hinein, se krochn in alln Eckn hearum un beglotztn allet auf genauste. Dann floogn se alle zurück un bildetn dat könichliche Schlössken in Wackz so detailgetreu, biss inz kleinzte Fitzelken nach. Hömma, se leechtn nen Tempo voa, dat glaupse nich, man meinte, et wüchse in Windeseile ein voare Klüüsn. Ker, schonn am Aahmt wa allet feddich hömma un alz dat Schneidaken am andan Tach umme gleiche Uhrzeit zum hohlen Bäumken kam, so stand dat ganze prächtige Gebäude det Könichs da. Hömma, et fehlte kein Steinken, allet wa biss aufs kleinste Detail, vom Nägelchen inne Wand, Ziegelkes aufm Dach un Kloopapier aufm Boila dabei. et wa so zaat un schneeweiss un roch so töfte un süüß nach Honich. Dat Schneidaken packte et voasichtich in sein Tüchsken un brachte et dem Könich. Der abba konnte sich nich genuch vawundan, stellte et in seinem mächtichstn Saal auf un schänkte dem Schneidaken dafüa nen großet steinanet Häusken.

Ker, hömma, der Schusta abba ließ nich nach weisse, er ging zum drittn ma zum Könich un quasselte widda nua dummet Zoichs:

„Ker, Herr Könich", sachta, „dem Schneidaken is zu Ooan gekomm, dat hia aufm Schlosshof kein Wassa nich springn tut. Da hatta sich doch widda ma veamessn un gesacht: et solle eingslich mannshoch aufsteign tun un hell sein wie Krisstall, da wilich domma Aphilfe schaffm, woll."

Da ließ der Könich dat aame Schneitaken eaneut antanzn un sachte:

„Hömma, wenn nich moagn ein töfta Strahl von Wassa in mein Schlosshof am springn tut, wieje et vasprochn hass, so soll dich der Scharfrichta aufm selbign, nen Kopp küaza machn tun."

Dat aame Schneidaken wusste gaanich wie ihm geschah, besann sich nich lange un eilte zum Tore hinaus, denn sein Leehm wa ihn wichtiga alz alle goldnen Ketten un steinane Häuskes inne Welt, weisse. Un weila nich aussm Leehm treetn wollte, machte er wacka de Biege un fing untaweechs am plärren an, et kullatn ihn de Tränkes übba de Backn hearap. Indema so in volla Traua dahinging, kam dat Fohln hearangesprungn, deema eima de Freiheit geschänkt hatte un aus dem mittlaweile n´ töfta, hüpscha Brauna gewoadn wa. Derr eakannte dat Leid det Schneidas un sachte:
„Ey hömma, getz kommt dat Stündken, wo ich de Guttat an mich vageltn kann. Ich weiß wat apgeht, abba et soll dich bald geholfm sein, komma un sitz nua auf, mein Rückn kann getz deina zwei traagn."

Ja ker hömma, dem Schneidaken is dat Heaz inne Buxe gerutscht un er bekam seine Leehmsfroide widda, er hüppte mit nua einem Satz auf, der Gaul peeste wat dat Zoich hielt inne Stadt Wanne-Eickel hinein un graadezu auffm Schlosshof. Da jaachte et dreima rund hearum, so schnell wie der Blitz beim Donnawetta un beiem drittnma stüazte et nieda. Abba indem Aungblick krachte et fuachtbaa: ein Stücksken vonne Eade sprang inne Mitte det Schlosshofs wie ne Kanoonkuugl inne Luft un übbat Schlössken hinaus un gleich dahinta eahop sichn Strahl von Wassa so hoch wie Mann un Zosse un dat wassa wa so rein un hell wie Krisstall. De Sonnstrahln fingn darauf an am tanzn an.

Ker, wat wa dattn töftn Springbrunn hömma, der Könich, alza dat sah, stand voa Vawundarunk nua stikkum da un beglotzte dat wundasaame Wassaspielken, dann ginga zum Schneidaken un umaamte ihn in Angesicht alla Leutz seinet Reichs, die im Schlosshof am stehn waan.

Ker hömma, dat Glück dauate abba nich lange, weisse. Der Könich hatte zwaa Schicksen genuch, eine schöna alz de andre, abba er hatte keinen Bengl, der eima dat Reich eabm sollte. Da begaap sich der bräsige Schusta abbamalz zum Könich un quasselte ein Schisselameng, er sachte zum Könich: „Ker nee, Herr Könich, getz muss abba ma Schicht im Schacht sein, dat Schneidken hat sich ma widda veamessn un behauptet: wenna wolle, könnta dem Herrn Könich nen Bengl duache Lüfte heabeitraagn lassn."

Widda ließ der Könich dat aame Schneidaken antanzn lassn un spraach:
„Hömma Schneidaken, wennze mich inne näästn neun Taagn nen Bengl bringn lässt, so sollze meine älste Schickse zua Olschn bekomm tun."

„Ker, der Lohn is freilich groß hömma", dachte dat Schneidaken, „da tut man doch ein üübriget, abba de Kiiaschn hängn mich zu hoch: wenn ich danach steige, so bricht unta mich der Ast un ich falle inz Boodnloose." Er sachte nix un laatschte nach Haus, pfleetzte sich mit untaschlagnen Kackstelzn auf sein Aabeitztisch un bedachte, wat am bestn am tun wäare.

„Ker nee, et geht nich", riefa entzlich aus, „menno, ich will foat, hia kann ich donnich in Ruhe mein Leehm genießn."

Also schnüüate er sein Bündl un eilte wacka un ohne sich umzeseehn zum Tore hinaus. Alza auffe Wiese voare Stadt kam, eablickte er seinen altn Froind, den Stoach, der da wie ein

Irra auf- un apging, zuweiln stikkum stand, nen Fröschken in nähara Betrachtunk nahm, den entzlich fing un veaschluckte. Der Stoach kam hearan un begrüßte ihn un sachte: „Ey Hömma, du hassn Ranzn auffm Buckl, warum willze denn de Stadt valassn!?"

Dat Schneidaken eazählte ihm, wat der Könich von ihm valankte un er et donnich eafülln könne un jammate übba sein Missgeschick.

„Ach ker, lass dich ma keine graun Häachens wachsn", sachte der Stoach, „ich will ma sehn tun, wat ich da so machn kann un dich ausse Not helfm. Weisse wat, schonn lange bring ich Wicklblaagn nach Wanne-Eickel, da kannich auma nen klein Prinzn aussm brunn holn, wennze vastehss!? Geh nua heim un vahalte dich ruhich, ich wead dat Blaach schonn schaukln. Heute in neun Taagn begipp dich innet könichliche Schlössken, da willich komm tun."

Dat Schneidaken laatschte also guta Dinge nach Haus, pfleetzte sich auf sein Schisselong un vahielt sich ruhich wie et der Stoach sachte. Nach neun Taagn waara zua rechtn Zeit im könichlichn Schlössken un nich lange, so kam der Stoach hearangefloong un kloppte anz Fenstaken. Dat Schneidaken machte et offm um Gevatta Langbein einzulassn. Der Stoach stiech voasichtich un langsam hinein un ging mit gravitäätischn Schrittkes übba den glattn Maamoaboodn; er hatte nen Bengl im Schnaabl, dat wa so schön wien Engelke un et hatte seine Pootn nache Könjin ausgestreckt.
Er leechte et ihr auffm Schooß un se heazte un knuutschte et nach Strich un Faadn ap un wa voa Froide aussa sich.

89

Der Stoach nahm, bevoa er widda wechflooch, seine Reisetasche vonne Schulta hearap un übbareichte se der Könjin. Et stecktn Tüütn darinne mit buntn un süüßn Zuckaeabsn un se wuadn unta de kleinen Prenzessinen aufgeteilt. De älste bekam nix, sondan se bekam ja dat lollige Schneidaken zum Olln.

„Hömma, et is mich graade so", sachte dat Schneidaken, „alz wennich dat große Los gezoogn hätte. Ker, meine Mudda hatte doch recht, denn se sachte schonn imma; wer auf Gott vatraut un nua Glück hat, dem kannz an nix fehln tun."

Hömma, weisse wat? Der olle Schusta musste de Schühkes füare Hochzeit machn, auf welcha dat Schneidaken mit seina angetrautn Prenzessin auffm Hochzeitzfest schwoofte, abba heanach waad befoohln woadn, dat der bräsige Schusta de Ruhrpottstadt Wanne-Eickel füa imma zu valassn.
Der Weech nachm Wald hinta de Halde füahte ihm zum Galgn. Voa Zoan un Wut un vonne Hitze det Taages eamüüdet, waafa sich auffm Boodn nieda. Alza seine Klüüsn zumachn un ratzn wollte, stüaztn beide Krähn vonne Köppe der Gehänktn mit lautn Trara un Geschrei hearap un hacktn ihm beide Glubscha aus. Unnsinich peeste er innem Wald un muss darinnen vaschmachtet sein, denn et hat ihn kein Aaasch mehr widdagesehn oda jemalz nomma wat von ihm gehööat.

Ja so isset im Leehm; wer andren ne Gruube gräpt, fällt selpz im Schacht! Weisse bescheit, nä.

ENDE

90

Dat dürre Liesken

Hömma, ganz anners alz dat asselige Heinzken un de mopzige Trine, die sich von nix ausse Ruhe bringn ließn, dachte dat dürre Liesken, weisse!? Se rackate sich von Moangs bis Aahms ap un luud au ihrn Olln, dem langn Lenz, so viel Maloche auf, datta mächtich am ackan wa, so wien olla Eesl, der an drei mächtige Säckskes zu schleppm hätte. Hömma, et wa abba allet umsonz, se hattn nix un kam au zu nix. Einet Aahms, alz se inne Fuazmolle laach un schachmatt vonne Maloche wa un kaum nochn Glied reegn konnte, ließn se de Gedankens nonnich einpenn. Hömma, se stieß mittn Ellnboogn ihrn Seega inne Rippm un sachte:

„Hömma Lenz, weisse wat ich mich gedenkt hap?"

91

„Ker, wennich nen Hunni fände un mia noch eina geschänkt wüade, so wollch mich noch ein dazu boagn tun un du solltes mich au ein geebm: sobald ich dann viiea davon auffe Kralle hap, so willich mich ne Kuh kaufm machn."

Ihrm Keal gefieln de Gedankens recht gut un er spraach:

„Ker, abba wohea sollich denn nen Hunni nehm, deene geschänkt willz? Abba wennze de Monetn zusammenkriss un du kannz dafüa ne Kuh kaufm, so tuhsse wohl, wennze dein Voahaabm ausfüahrs. Hömma, ich freu mich schon nen Ast weisse, wenn de Kuh nen Kälpken weafm wüade, so könnt ich manchma zu meina Eaquickunk au nen Schlücksken Milli süppln."

„Ker, de Milch is nich füa dich du Spackn", sachte seine Alsche, „wia lassn nua dat Kälpken dran saugn, damit et groß un fett wiad un wia et gut Veaschachan könn, weisse."

„Abba sicha dat", antwoatete ihr Keal, „abba nen bisssken Milli könn wa doch neehm tun, dat schaadet donnich."

„Ker Olln, wea haddich nua geläahrt mit Kühn umzegeehn?", sachte se „Hömma, et mach schaadn oda nich, ich will et nich haabm, weisse: un wennze dich auffm Kopp stellz un mitte Maukn Fliegens fänkz, du kriss nich ein Schlücksken Milch, hasse dat gerafft! Ey, du langa Lenz, meinze, du kanz dat vazeahrn, wat ich mit Mühe anschaffm tu."

„Ker Olsche", sachte ihr Seega, „kusch dich un sei still, oda ich kleep dich 'n Pflasta auffe Schnüss."

„Waaat?" rief se, „du willz mich drohn tun, du olla Nimmasatt, du Srich inne Lantschaft, du faula Sack, wat willze denn!?"

Se wollte ihm inne Haare falln, abba der lange Lulatsch Lenz stand auf, packte mit eina Poote de Trommlstöcke von dat dürre Liesken zusamm un mitte andren Flosse drückte er ihrn Deetz auffet Kissn, ließ se imma weita lamentiean un hielt se so lange, bisse voa Müüdichkeit eingepennt wa.

Abba ob se am annern Moagn beim Eawachn widda foatfuhr zu zankn, oda ob se ausging den Hunni zu suuchn, den se ja unbedikt finden wollte.

Hömma, opse getz den Hunni gefunfn hat, dat weissich au nich un dat kannich dich nich saagn tun, weisse.

ENDE

Der Räuba un seine Bengls

Hömma, et wa eima nen Räuba, der hauste innem mächtich großn Wald un leepte mit seine Kumpels in Schluchtn un Felzhööhln. Wenn abba eima Füüastn, Herren oda reiche Kaufleutz auffe Landstraße daheazoogn, so lauate er se auf un wollte se richtich deabe apzockn. Er raupte ihnen de Moneten un all dat ganze Gut, wat se beisich füahrtn. Alza abba langsam inne Jäahrkes kam, oll un grau wuade, gefiehl ihm sein Handweak nich mehr un gereute, datta imma so fies wa un Böset getan hatte. Er schwoar sich, datta von nun an nen bessret Leehm füahrn wollte un leepte reedlich un tat nua noch Gutet, weisse. De Leutz wundatn sich, datta sich so schnell bekrabblt hatte um Gutet zu tun, abba se freutn sich n´ Ast un waan ächt häppi drübba. Er hatte drei Bengls, alz se rangewachsn waan, riefa se zu sich un sachte:
„Ker, meine lieem Blaagn, sacht mich ma, watta getz füan Handwerk tun un womitta euch äährlich de Penusn vadien wollt?"

De Bengels bequatschtn sich un gaabm ihm dann zua Antwoat:
„Hömma Vadda, der Appl fällt nich weit vom Stamm hömma, wia wolln unz de Monetn so vadien, wie du et gatan hass, weisse: wia wolln Räubas weadn. Hömma, son Handweak, wobei wa unz von moagns biss aahms aprackan un nua am Malochn sin un nix aussa aahms ne trockne Knifte Brot auffm Tischken bekomm, dat is nich unsa Fall: deshalp wolln wa Räubas weadn, vastehsse!?"

„Ach ker, ihr dusslign Blaagn", antwoatete der Vadda, „warum wollta denn nich ruhich leehm tun un au mit wenich zufrieen sein? Hömma, Äahrlich wäahrt am längstn. De Räubarei is ne böse un gottlose Sache un füahrt meist zu nem schlimm Ende, annem Reichtum deena da zusamm bringn tut, hapta keine Froide: ker hömma, ich weiß ja wie et mich dabei zumute geweesn is. Ker nee, ich sach euch, dat gippt nen schlechtn Ausgang. Denn der Kruuch geht nua solange zu Wassa, bissa im Aasch is, weisse: ihr weadet zuletzt eagriffm un endet annem Galgn."

Hömma, de Bengls achtetn abba nich auf dat wat der Vadda zu se sachte un machtn ihr Ding, weisse!?

Nun wolltn de drei Bengls gleich ihr Proobestücksken machn tun. Denn se wusstn genau, dat de Könjin in ihrm Stall nen töftn Zossn am stehn hatte, der mächtich teuja un sehr Weatvoll wa un den wolltn se ihr stebitzn. Se wusstn abba auch, dat der Gaul kein andret Futta fraaß, alz wie nen saftiget Grass, dat nua allein innem feuchtn Wäldken wuuks. Se laatschtn also hinaus inz Wäldken un schnittn dat Grass ap un machtn nen goßet Bündl daraus, in welchn de beidn älstn Bengls, den jüngstn un kleinstn stecktn, so datta nich geseehn weadn konnte, vastehsse!? Se schlepptn dat Bündl auffm Maakt, wo der Stallmeista vonne Könjin imma am Schoppm ging. Se veaschachatan ihm dat Bündl mittn Grass un schlepptn et ihm au zum Stall, wo se et dann apleegn solltn.

Hömma, alz et Mittanacht wa un de Säufasonne am Himmel stant un allet pennte, schlich sich der kleene Bengl aussm Grassbündl hearaus, band den Zossn der Könjin ap, zäumte et mittm goldnem Zaumzoich wat da am hängn wa un leechte et dat goldgestickte Reitzoich übba. Un de Schelln, die dranne am hängn waan, stoppte er mit Wacks aus, damit se kein Ton von sich gääbm täätn. Dann machte er de vaschlossne Pfoate det Stallz offm un ritt auffm Gaul mit schmackes davon, zu dem Oat, wo sich de Brüda befandn. Nua de Wächta inne Stadt bemeaktn den Dieb, eiltn ihm wacka nach un alze ihn draussn mit seine Brüda fanden, nahmse alle dreie gefangn un füatn se innem Knast.

Am annean Moagn wuadn se voare Könjin gefüahrt un alz se sah, dat et nua drei schnieke Bengls waan, die ihr Zossn stebitzt hattn, so foaschte se nach ihra Heakunft, wo se denn wech waan. Se vanahm, dat et de drei Blaagn vom olln Räuba wäarn, der seine Leehmsweise geändat un alz 'n gehoasama Untatan leebm tut. Se ließ de drei Bengls also widda innen Back zurückfüahrn un beim Vadda anfraagn, oppa seine Blaagn auslöösn wolle. Der oll Räuba kam zua Könjin un sachte:

„Frau Könjin, meine Bengls sin et nich weat, dat ich se mit nua einem Pfennich auslööse."

Da antwoatete de Könjin:

„Ker, du biss doch'n weitbekannta un varuufna Räuba geweesn, komma bei mich bei un vatell mich ma dat meakwüadigste Aamteuja watte in dein Räubaleehm ealeept hass, so willich dich de Blaagn widdageehm tun."

Alz der olle Räuba vanahm, huupa an un quasselte se zu:

„Hömma Frau Könjin, höaat meine Rede, ich will euch ma nen Eaeichnis vatelln, wat mich mehr easchreckt hat, alz allet Feuja un Wassa, weisse. Einet Tachs brachte ich in Eafahrunk, dat in eina wildn Waldschlucht zwischn zwei Haldn, et wa Hohewaad un Hoppmbruch, etwa zwanzich Meiln vonne Leutz wech, n´ Riese leepte, der nen mächtich großn Schatz, sehr viele tausende Maak, un Silba un Gold besääße.

96

Hömma, ich wählte mich also aus meine Kumplz so viele Geselln aus, dat wa so anne hunnat Keale waan un zoogn mutich zum Riesn hin. Ker, wa datt'n langa un mühseeliga Weech, imma zwischn Felsn un Apgründn hömma. Wia fanden den Riesn zu Hause abba nich voa un waan ächt häppi drübba un nahmen vonnem Gold un Silba so viel auffm Buckl mit, wie wa schleppm konntn. Alz wa unz damit auffm heimweech begaabm un unz ganz sicha sein zu glauptn, da kam der Riese mit zehn weitren Riesn unvaseehns dahea un nahm unz alle gefangn, weisse. Se teiltn unz unta sich auf: jeeda eahielt zehn von unz un ich fiel mit neun von meine Geselln dem Riesn zu, den wa sein Schatz untam Naagl gerissn hattn. Er band unz unsre Pootn auffm Rückn un triep unz wie Schäfkes in seine Felzhöhle hömma. Wia waan bereit unz mit Gut unne Menge Monetn auszulöösn, er abba antwoatete nua: „Wat meinze ich brauch eure Schätze? Hömma, mit Sichaheit nich; ich will euch einfach nua behaltn tun un euer Fleisch futtan, dat is mia viel lieba alz alle Monetn inne Welt."

Dann begrappschte er unz alle, wählte einen aus un sachte: „Ja hömma, dat is der fetteste, der hat anständich wat auffe Rippm, mit dem willich den Anfank machn tun."

Dann schluucha ihn nieda, muakzte ihn ap un waaf dat Fleisch innem Kessl mit Wassa, deena übbat Feujaken setzte un alz et gesottn wa, hielta seine Mahlzeit. So schnabbulieate er jeedn Tach einen von unz wech un weil ich der mickrichste un dürrste wa, sollte ich alz letzta dran glaubm, vastehsse!? Alz nun alle meine Kumplz aufgefuttat waan un ich anne Reihe kam, so besann ich mich auf ne List un sachte zu ihm: „Hömma Riese, du langa Lulatsch, ich seh genau datte bööse Glubscha hass un an dat Aussehn von deina Fresse leidn tuhs:

hömma, ich bin nen Dokta un in meina Kunst sehr eafaahn, ich will dich de Klüüsn heiln tun, wennze mich dafüa mein Leehm lässt."

Der Riese sichate mich mein eabäamlichet Leehm zu, wennich vamochte ihn heiln zu machn. Hömma, ich tat Öl innem Kessl, ne Menge Schweefl, Pech, Sallek, Aasenik un einige andre veadeabliche Dinge hinein un stellte den Kessl übbat Feuja, so alz op ich´n Pflästaken füa seine Klüüsn bereitn wüade, weisse. Sobald dat Öl im Kessl am Sieedn wa, musste sich der Riese niedaleegn un ich goß ihm allet wat im Kessl wa, mit schmackes, auffe Glubscha, übban Halz un den Leip, so datta seine Fresse völlich valooa un de Pelle am Köapa vabrannte un im Aaasch wa.

Ker, wa dattn Geplärre sarrich dich, er fuahr mit mächtign Gehheul inne Höhe, waaf sich widda auffm Boodn, wälzte sich hin un hea un schrie wie am Spieß, weisse. Dann spranga in volla Wut auf, packte ne mächich große Keule un wetzte in sein Kabachl rum; doat umher laatschnd schluucha auffe Eade, anne Wand un dachte mich zu treffm.

Ker, de Biege machn konnte ich abba nich, denn de Hütte wa übbaall mit mächtign hohn Mauan umgeebm un de Tüan waan mit eisane Riegelz vaschlossn. Ich hüppte von einem Winkel innem andren un entzlich wusste ich mich am helfm machn, ich stiech auffe Leita un klettate aufs Dach un hanglte mich mit beidn Flossn annem Balkn.

Hömma, da hing ich nen ganzn Tach unne ganze Nacht, alz ich et abba nich mehr aushaltn konnte, so stiech ich widda runna un mischte mich unta de Schäfkes im Stall. Ker, wat musste ich da behende sein un imma mitte Viecha zwischn de Kackstelzn det Riesn hinduachlaufm ohne datta et gewah waad, weisse.

Irngswann fant ich in eina Ecke unta de Schäfkes nen Fell einet Widdas am lieegn, ich schlüppte hinein un wusste et genau so machn zu tun, dat de Höanas det Viechs mia graade auffm Deetz am stehn waan. Der Riese hatte zua Gewohnheit, wenn de Schäfkes raus auffe Weide lassn wollte, so ließa se duche Kackstelzn gehn. Da zählte er se un welchet am feinstn wa, dat pachte er, brutschelte et un hielt damit seine Mahlzeit. Hömma, wat wäar ich bei diesa Geleegnheit geane apgedampft un hätt mich vapisst, abba beim hinduachgehn duach seine Kackstelzn, so wie de Schäfkes dat machn taatn, da packte er mich am Schlawittchen un er meakte dat ich zimmlich schwea wa, so spraacha dann voa sich hea:
„Jawollo, du bissn töftet Viech, du sollz mich heute mein Wamz fülln.“

Hömma, ich tat nen Satz un entsprang dem Riesn ausse Flossn, abba er eagriff mich widda. Ich entkam nomma, abba er packte mich aabamalz un so ging et sieem ma, bissa kein Bock mehr auf mich hatte, weisse.
Da waata zimmlich Zoanich un sachte:
"Ker nee, wetz nua wech, de Wölfe möögn dich ruhich fressn tun, du hass mich genuch vaascht.“

Hömma, alz ich dann draussn wa, waaf ich de Pelle det Widdas vom Leip, rief ihm spöttisch zu, dat ich ihm genatzt hap un de Biege machn konnte un nahm ihn noch höönisch auffm Aam, weisse.
Er abba zooch nen Ring von seinen Griffln un sachte aus Vawundarunk:
„Hömma, nimma den Ring hia, den hasse dich vadient. Et ziemt sich nich dat son listiga un behenda Seega wie du eina biss, unbeschenkt von mich gehn tut.“

Ja nee, is klaa, hömma! Ich nahm also den Ring un steckte ihn mich anne Griffl, abba ich wusste nich, dat nen Zauba darinnen laach. Hömma, von den Aungblick an, woha mich am Griffl steckte, so musste ich imma unaufhöalich ruufm: „hia binnich! hia binnich!", op ich et vamochte oda nich, vastehsse. Da der Riese daran meakn konnte, wo ich mich befant, so laatschte er mia innem Wald nach. Dabei laatschte er, weila ja blind auffe Glubschas wa, jeedn Aungblick gegn nen Ast oda nen Baumstamm, abba er eahoop sich imma widda wacka auf. Daara ja lange Porreeepiepm hatte un imma mächtich große Schrittkes machn konnte, so holte er mich imma widda wacka ein un wa mich imma ganz nahe, denn ich rief ja imma ohne Untalass, „hia binnich! hia binnich!", vastehsse!?

Ker, nache Zeit eakannte ich wohl, dat et der Ring wa, wat mit mein Geschrei am tun hatte un wollte den abziehn tun, abba ich vamochte et nich, mich diesn, von meinen Griffln zu entleediegn. Ja hömma, da bliep mich nix andret übbrich, dat ich mich mit meine olln Hauas de Griffl apzebeissn. Im gleichn Aungblick höate ich am ruufm auf un konnte dem Riesn enteiln. Zwaa hatte ich getz merine Griffl valoan, abba konnte mein Leehm rettn.“

„Frau Könjin“, sachte der Räubaweita, „ich hap euch dieset Döneken eazählt, um ein meina missraatnen Bengls zu ealöösn, getz willich ma Butta beie Fische tun, um mein zweitn Bengl aussm Back ealöösn un euch nen weitret Döneke eazäähln, wat noch so Ambach in mein Räubaleehm wa.

Da leechte der Räuba los un quasselte de Könjin weita zu: „Ker hömma, alz ich ausse Flossn det Riesn entronnen wa, irrte ich inne Wildnis umhea un wusste nich wohin ich det Weeges laatschn sollte. Ich stiech auffe hööste Tanne un auffe Gipfl vonne Haldn, abba wohin ich au glozte, wa weit un breit kein Häusken am sehn, kein Acka in Sicht, keine Spua von ingswelche Leutz, übbaall wa nua schreckliche un öde Wildnis inne blöödn Wallachhei. Hömma, dann stiech ich vonne himmlhohn Haldn runna inne Tääla, se waan abba wie de tiefstn Abgründe, weisse. Mia begeechnetn Lööwn, Bään, Büffl, Waldeesl, giftige Schlangn un scheusslichet Gewüüam; ich sah wilde, behaate Waldmenschn, Leutz mit Höanan un Schnääbln. Ker nee, se waan so entsätzlich hässlich, dat mich getz noch schaudat, wennich dranne zurückdenkn tu, vastehsse!?

Ich zooch imma weita, Kohldampf un Brand quäältn mich un ich musste jeedn Aungblick befüachtn voa Müdichkeit auffe Fresse zu falln. Entzlich, ebent alz der Lorenz untagehn wollte, kam ich auf ne hohe Halde, da sah ich innem öödn Tal nen Qualm am aufsteign, so wie aussm angezündeltn Backoofm. Hömma, ich wetzte wie vom Deibl besessn de Halde hcarap, um den Qualm zu folgn, alz ich untn ankam, sah ich drei tote Keale, se waan annem Ast aufgeknöppt woadn un hingn schaukelnt im laun Wind.
Ker, wat habbich mich easchreckt un bekam Muffmsausn, ich hätt mich beinahe inne Buxe gepisst, denn ich dachte ich wüade inne Gewalt einet andren Riesn komm tun un wa um mein Leehm besoacht, weisse. Doch ich fasste michn Heaz, laatschte weita un fant nen mikriget Kabachl, dessn Tüan offm standn; un beim Feuja det Oofms saaß ne Olle mit ihrm Blaage. Ich trat ein un grüßte de Alte mit nem heazlichet „Glück auf", so wie sich dat im Ruhrpott gehöat, weisse.

Dann fraachte ich se: warum se denn hia so allein mittn Blaach da am sitzn tut un wo ihr Männe wäare; ich fraachte se auch: op et noch weit dahin wäare, wo Menschn wohn tun.

„Ja ker, weisse" sachte se, "dat lieecht noch in weita Feane hömma" un eazählte mit heulenden Klüüsn, dat inne voahearign Nacht de wildn Waldungeheuja gekomm sin un hättn se un dat Blaach dem Vadda vonne Seite gerissn un in diese Wildnis gebracht. Dann wäarn se an andren Moagn widda ausgezoogn un hättn se gebootn dat Blaach zu töötn un zu brutschln, weil se et, wenn se zurückkämen , auffuttan wolltn. Ker, alz ich dat gehööat hatte, empfaant ich mächtich Mitleid mitte Olschn un dem Blaach un beschloß dann se un ihr Blaach ausse Not zu befrein.

Ich lief wacka foat zu dat Bäumke, an welche de drei Diebe aufgeknöppt waan, nahm den Mittlastn der wohlbeleipt wa un truuch ihn ins Häusken. Ich zeateilte den Keal in Stückskes un sachte der Olln, se sollte ihn dem Riesn zum veaspachtln geehm. Hömma, dat Blaach nahm ich abba mit un vasteckte et innem hohln Bäumken, dann vakroch ich mich selpz hintam Kabachl, so dat mich keina mehr sehn machn konnte, weisse.

Dann illate ich appm an, wo de wildn Menschn heakämen un op et anne Not is, de Olsche zua Hilfe zu eiln. Alz der Lorenz untaging un der Mond von Wanne-Eickel am Fiamament am stehn wa, sah ich de Ungeheujas vonne Halde hearaplaatschn, se waan gräulich un fuachtbaa anzeseehn hömma un de Affm inne Gestalt äähnlich, weisse.

Se schlepptn nen tootn Leip hinta sich hea, abba ich konnte nich seehn tun wea et wa. Alzse in dat Häusken gingn, zündeltn se rum un machtn nen mächtiget Feujaken an, zearissn den bluutign Leip mit ihre Hauas un futtatn ihn auf. Danach nahmense nen Kessl, in dem dat Fleisch det Diebet gekocht wa, vom Feuja, zeateiltn de Stückskes unta sich zum Aahmtessn auf. Alzse feddich waan, fraachte eina, der ihr Obahaupt zu sein schien, de Olle, ob dat, wat se gespachtelt hättn, dat Fleisch ihret Blaachs geweesn sei.

De Olle sachte: „Jau, dat waret"

Da quatschte dat Ungeheuja zu se:
„Ker hömma, ich glaup du hass unz vagageijat, dein Bengl vasteckt un unz ein vonne Diebe gekocht, die am Ast vonnem Bäumke am hängn sin."

Dann ließa seine drei Geselln hinlaatschn un ihm von jeedn der drei Diebe nen Stücksken Fleisch bringn tun, damitta säähe, dat se noch alle doat aufgeknöppt wäan. Ker, alz ich dat hööate lief ich wacka voaraus un hing mich mit meine Flossn, mittn zwischn de zwei tootn Diebe, an dat Seilken, von den ich den einen apgenomm hatte. Alz nun de drei Ungeheujas kamen, schnibbeltn se einem jeedn nen Stücksken Fleisch ausse Lendn. Hömma, au mia schnibbeltn se nen Stücksken hearaus, abba ich biss de Zähnkes zusamm un duldete de Piene, ohne nua ein Laut auszeschrein. Hömma, ich hap zum Zeuchnis imma noch ne Naabe am Leip, weisse."

Hia schwiech getz der Räuba füan Aungblick un quasselte dann weita:

„Ach Frau Könjin, ich hap euch getz dat Aamteuja veaklickat, dat se mein zweitn Bengl freilassn, getz willich euch noch füa den drittn Bengl den Schluss det Dönekes eazähln tun un euch weita berichtn machn. Alz dat wilde Volk dann mitte drei Stückskes Fleich zum Obamacka foatgelaufm waan, so ließ ich mich widda hearap un vaband mich meine Wunde mitte Streifm von mein weissm Hemdken, so gut ich et konnte hömma. Doch dat Blut ließ sich nich stilln machn, sondan et ströömte unaufhöalich an mich hearap. Abba ich achtete nich darauf sondan dachte nua, wie ich de Olschn mein Vasprechn haltn un se un dat Blaage rettn wollte.

Hömma, ich eilt schnuastracks zum Häuske zurück, hielt mich bedeckt un vaboagn un hoachte auf dat wat geschah, weisse, abba ich konnte mich nua mit Mühe auffe Porreepiepm haltn: schachmatt wa ich un ker wat mich de Wunde schmeaze weisse. Hömma, ich hatte Piene, dat glaupse nich, aussadem hatte ich nen mächtign Brand un zimmlich Kohldampf, wennze vastehs, nä!? Indessn vasuuchte der Riese de drei Stückskes Fleisch, die ihm seine Geselln gebracht hattn. Alza dat Stücksken vakostet hatte, wat mich ausse Lende geschnibblt wuade un noch blutich wa, so spraacha:

„Ker, wetz domma eina hin un bringt mich den mittlastn Dieb. Manno, sein Fleisch is noch frisch un bekommt mich äch gut hömma.“

Ker nee, alz ich dat hööate, eilte ich wacka zum Galgn zurück un hing mich widda an dat Seilken zwischn de beidn Tootn dranne. Nich lange drauf kamen de Ungeheujas, nahmen mich vom Galgn runna un schliffm mich übba Doanen un Distln hinta sich hea, wo se mich dann auffm Boodn det Häuskens hinstrecktn un schon giarich glotzen taatn. Se schääftn ihre Hauas, wetztn de Zachels übba mich un bereitetn sich langsam voa, mich zu schlachtn un zu veaspachtln, weisse. Graade ebent wolltn se Hand anleegn, alz plötzlich aus heitrem Himml ein soichet Ungewitta mit Blitz, Donna un heftign Wind sich eahoop, dat de Ungeheujas selpz dat Schreckn inne Knochn bekamen un von mich apließn.

104

Hömma, mit lautm un gresslichm Getöse un Geschrei dann aussm Fensta, Tüarn un oohm zum Dach hinaushüpptn un mich auffm Boodn am lieegn ließn. Nach drei Stündkes begann et Tach zu weadn un der klaare un helle Lorenz stieech empor. Ich machte mich mitte Olschen un dem Blaage auf, wia laatschtn ganze viiea Taage duache Wildnis der Kapaatn un hattn keine andre Naahrunk alz Wuazln, Beean un Kräutas, die da im Wald wuuchsn. Entzlich kam wa widda unta de Menschn un ich brachte de Olle mit ihrn Bengl widda zurück zu ihrn Seega: hömma wie mächtich groß de Froide wa kann sich ja jeeda denkn tun, nä."

Damit wa dat Döneke am Ende un de Könjin spraach:
„Ja ker, du hass duache Befreiunk der Olschn un ihrn Blaage viel Böset, wat du eima getan hass, widda gut gemacht, ich gibb dich de drei Bengls widda frei, abba pass mich gut auf hömma, dat de Bengls wat vanüpftiget am leaan tun un nich in de Fußstappm von dich treetn machn."

„Jau Frau Könjin, geht klaa hömma",
sacht der Räuba un nahm seine Bengls mit heim. Se machtn sich wacka auffm Weech un der Räuba sachte zu de Bengls, op se sich nich voastelln könntn, nen äahlichn Beruf ealeaan zu wolln, wo man viel Zasta machn un Stolz auf seine Malooche sein kann. Se willichtn ein un fingn irngswo im Ruhrpott auffm Pütt unta Taage am Maloochn an un waan von da an ächte Kumpelz.
Hömma, da kannze abba ein drauf lassn, weisse.
Glück auf!

ENDE

105

Spindl, Weebaschiffken un Naadl

Et wa eima ne Schickse aussm Ruhrpott, dem Vadda un Mudda viel zu früh inz Grass gebissn haabm, alzse noch´n kleenet Spöppke wa. Am Ende det Doafet wohnte in nem mickrign Kabachl ganz allein ihre Patin, die sich vom Spinnen, Weebm un Näähn am kackn hielt. De Alte nagm dat valassne Gör zu sich, hielt et zua Maloche an un eazooch et in alla Frömmlichkeit, weisse. Alz de Schickse füffzehn Jäahrchen auffm Buckl hatte, eakrankte de Alte un, se rief se anne Poofe un sachte:
„Hömma mein liebet Töchtaken, ich fühl mich so kodderich un glaup, dat mein Ende hearannaht; ich hintalss dich dat Häusken, darinne bisse voa Wind un Wetta geschützt, dazu meine Spindl, Webaschiffken un Naadl; hömma, damit kannze dich am Kackn haltn un dein Brot vadien tun."

Se leechte ihre Pootn auffm Kopp der Schickse, seechnete se un spraach:
„Ker, un behalt mich ja Gott im Heazn, so wiadz dich wohl eagehn tun."

Darauf hin vaschosse füa imma de Glubschn un alz se zu Graabe getraagn wuade, laatschte de Schickse bittalich un pläärend hinta dem Saach un erwies se de letzte Ehre. De Schickse leepte nun innem mickrign Kabachl ganz allein, wa fleißich, spann, weepte un näähte. Hömma, un auf allem, watse tat, ruhte der Seegn der guutn Altn. Et wa, alz op sich Flachs im Kabüffken von selpz meahrte; un wennse nen Stücksken Tuch oda nen Teppich weepte oda nen Hemd genääht hatte, so fant sich´n Käufa un lackte ihr reichlch Monetn dafüa, so datse keine Not nich hatte un andren nowatt mitteiln konnte.

106

Hömma, um diese Zeit zooch der Bengl det Könichs duachs Land umhea un er wollte sich ne Tusse zua Braut suuchn. Ne aame sollte er nich wäähln tun un ne reiche wollta nich. Da spraacha:
„Ker, weisse wat, et soll die meine Olle sein tun, die zugleich de äamste un de reichste is."

Alza nun in dat Döafken kam, wo de Schickse leebte, fraachte er, wieja et übbaall tat, wea hia innem klein Ruhrpott-Oat de reichste un äamste sei. Se nanntn ihn de reichste zueast; de äamste, sachtn se, wäare ne Schickse, dat in den mickrign Kabachl ganz am Ende det Doafes wohnte. Hömma, de Reiche saaß voll aufgetaakelt voa ihra Haustüar un alz der Könichssohn sich nähaate, stant se auf, ging ihm entgeegn un vaneichte sich voa ihm. Er sah se nua an, sachte nich ein Woat, machte de Biege un ritt weita. Alza zum olln Kabachl der Aamen kam, stant de Schickse nich anne Haustüare, sondan saß fleißich im Stüüpken am Maloochn dranne. Er hielt den Zossn an un glotte duachs Fenstaken, duach dat der helle Lorenz reinschien un er sah de Schickse am Spinnrad am siztzn un wie se emsich un fleißich am ackan wa. Mitma blickte se auf un alzse dann bemeakte, dat der Könichssohn duachet Fenstaken reinillate, waad se übba un übba root inne Gosche, se schluuch de Klüüsn nieda un spann weita. Hömma, op der Faadn diesma ganz gleich wa, dat weissich nich, abba se spann so lange weisse, biss der Könichsohn sich vom Acka machte un wechritt.
Dann east traat se anz Fenstaken, öffnete et un sachte:
„Ker, wat isset mich hia heiß im Stüübken",

abba se glozte ihm nach, so lange se noch de weißn Feedans an seinem Hütken eakenn konnte, weisse.

107

Illustration: **Otto Ubbelohde** 1867 – 1922 (Bild-PD-alt)

De Schickse setzte sich widda in sein Stüübken zua Malooche un spann weita. Da kam ihr nen Sprüchsken im Sinn, den de Alte früha au manchma sachte, wennse so beie Malooche saaß un voa sich hinträllate:

„Sindl, Spindl, geh du aus,
bring mich den Freija in mein Haus!"

Ker hömma, wat geschah? De Spindl hüppte se aungblicklich ausse Flossn un zua Türare hinaus; un alzse voa Vawundarunk aufstant un ihr nachglozte, so sah se, dat se lollich inz Feld hinein tanzte un nen glänzndn goldnen Faadn hinta sich heazooch. Nich lange, so waad se ihr ausse Glubschn entschwundn. De Schickse, da se keine Spindl mehr hatte, nahm sich dann dat Weebaschiffken inne Pootn, setzte sich mitte Fott am Weebstuhl un fing am weebm.

108

De Spindl abba tanzte imma un imma weita un ebent, alz der Faadn zu Ende wa, hatte se den Könichssohn eingeholt.

„Ker hömma, wat seh ich´n da", riefa, „de Spindl will mich wohl den rechtn Weech zeign machn?"

Er drehte seinen Zossn um un ritt den goldnen Faadn zurück. De Schickse abba saaß anne Malooche un trällate voa sich hin:

„Schiffken, Schiffken, weebe fein,
füahr den Freija zu mich hearein."

Alzbald hüppte ihr dat Schiffken ausse Flosse un sprang zua Tüare hinaus. Voa der Tüaschwelle abba fing et an, nen Teppich am weebm. Ker, wat wa der töfte hömma, viel schööna alz man son Teppich jemaalz gesehn hatte. Hömma, auf beidn Seitn blüühtn Roosn un Liljen un inne Mitte auf nen goldnem Grund stieegn grüüne Rankn hearauf, darinne hüpptn Hääskes un Kannickls; einige Hiiasche un Rehe strecktn de Köppe dazwischn un oohm inne Zweige saaßn bunte Vögelkes; hömma, et fehlte an nix, et wa so alz wennse geträälat hättn, vastehsse. Hömma, dat Schiffken sprang hin- un hea un et wa so, alz wüüchse allet von selpz.
Ja hömma, weil der Schickse dat Schiffken foatgelaufm wa, hattese sich de Naadl geschnappt un fing am näähn.
Se hielt de Naadl inne Poote un fing widda am trällan an:

„Naadl, Naadl, spitz un fein,
mach dat Häusken füan Freija rein."

Ker, da hüppe ihr de Naadl au noch ausse Griffl un flooch innem Stüübken hin- un hea, so wacka un rasant wien Blitz. Hömma, et wa nix andret, alz wenn unsichtaare Geista am

109

Maloochn wään; alzbald übbazoogn se dat Tischke un de Bänkskes mit grüünen Tuch, de Stühlkes mit Samt un anne Fenstakes hingn seidne Voahänge hearap, weisse. Kaum hatte de Naadl den letztn Stich gemacht, so sah de Schickse schonn duachs Fenstaken de weißn Feedans vom Hütken det Könichssohns, den de Spindl annem goldnen Faadn heabeigeholt hatte.

Der Prinz stieech vom Zossn, laatschte übban Teppich inz Häusken hearein un alza inz Stüübken eintrat, stant de aame Schickse in son olln Fumml von Kleid da un schäämte sich, datse am glüühn anfing, abba et glüühte darinne, wie de schöönste Roose im Busch, weisse.

Da spraach der Prinz zu se:

„Ach ker, du biss de Äamste un de Reichste zugleich hömma, komm bei mich bei un mit in mein könichlichet Schlößken, du sollz getz meine Braut sein un meine Olsche weadn tun!"

Ja hömma, se waad ganz stikkum umme Schnüss un schwieech, denn se wusste nich watse saagn sollte. Ihr waad heiß un kalt zugleich, abba se reichte ihm ihre Flosse un ging mit ihm mit. Da gaapa ihr nen Knuutscha auffe Lippm, füahrte se hinaus, hoop se auffm Gaul un brachte se inz könichliche Schlößken, wo se alzbald Hochzeit hieltn. Mit mächtich großa Froide wuade die Hochzeit gefeijat un det Mädkes Spindl, Weebaschiffken un Naadl wuadn im Schlößken inne Schatzkamma füa imma vawaaht un in großn Ehaen gehaltn.

Se leeptn noch viele, viele Jäahrchen glückslich zusamm, bekamen einige Blaagn die heute wohl imma noch den Schatz inne Schtzkamma hüütn tun.

ENDE

110

Der Liepzte Roland

Hömma, et wa eima ne oll Alsche, se wa ne rechte Hexe un hatte zwei Schicksen, weisse. De eine wa schäbbich un bräsich un se liepte se, weilse ihre rechte Tochta wa un de andre wa schnieke un töfte drauf, abba se hasste se, weilse ihre Stieftochta wa.

Zu eina Zeit hatte de Stieftochta ne schicke Schüaze, die der bräsign gut gefiehl, so datse neidisch auf se wa un ihre Mudda sachte:

„Ker sei still, mein Blach, du sollze ja au haabm tun. Deine Siefschwesta hat längz den Tod vadient, heute Nacht, wennse penn tut, so kommich un schlaach se den Kopp ap. Soage nua dafüa hömma, datte hintn inne Poofe am leign kommz un schiep se recht weit na voane hin, woll."

Um de aame Schickse wäare et geschehn, wennse nich grade inne Ecke am stehn wa un dat dumme Gelaber mitangehöaat hätte. De Schäbbige duafte den ganzn Tach nich ausse Bude raus un alz de Schlaafmzeit gekomm wa, musste se zueast inne Fuazmolle steign, damit se hintn hinleegn konnte; alzse abba eingeratzt wa, schop de Schnieke se sachte voane hin un nahm den Platz hintn anne Wand ein. Inne Nacht kam de Alte angeschlichn, inne rechtn Poote hielt se ne Axt, mitte linkn fühlte se, op voane eina am liegn tut, dann packte se de Axt mit beidn Flossn un hiep ihrm eignen Blage den Kopp ap. Alz de olle Hexe foatgegangn wa, stand dat Mädcken auf un laaschte zu seinen Liepztn, der Roland mit Naahm hieß, kloppte an seine Tüare un alza rauskam, da sachte se zu dem:

„Hömma, mein liepzta Roland, wia müssn wacka flüchtn machn, meine Stiefmudda hat mich totschlaagn wolln, abba se hat ihr eignet Blaach getroffm. Un wenn der Tach kommt un se

111

siehtse wat ich getan hap, dann is ganz schön Rabatz inne Hütte un wia sin valoan, weisse."

„Ker hömma, ich rate dich", sachte Roland, „datte zueast ihrn Zaubastaap wechnimmz, sonz könn wa unz nich rettn machn, wennse unz vafocht."

De Schicks holte wacka den Zaubastaap un dann nahmse den totn Kopp un tröppelte drei Troppm Blut auffm Boodn, ein voare Poofe, ein inne Küche un ein auffe Treppe. Daraufhin eilte se wacka mit ihrm Liepztn foat.

Alz nun der Lornz aufging un et Moagn wuade, stand de olle Hexe auf un rief ihr Töchtaken, denn se wollte se de Schüaze geebm tun, abba se kam nich zu ihr, dann rief se:
„Hömma wo bisse denn, samma wo bleipse denn?"

„Ker hia, auffe Treppe, da kehr ich ", antwoatete der eine Blutztroppm.
De Alte wetze hinaus, abba sah niemand auffe Treppe un rief abbamahlz:
„Hömma wo bisse denn, samma wo bleipse denn?"
„Ker, hia inne Küche, ich tu mich wäam machn", sachte der zweite Blutztroppm. Da gingse inne Küche, abba fant niemand. Da riefse nomma.
„Hömma wo bisse denn, samma wo bleipse denn?"
„Ker, hia inne Poofe binnich, ich bin noch am ratzn dranne", sachte der dritte Blutztroppm.

Da ging de Hexe inz Kabüffken anne Poofe. Wat sah se da? Ker, se sah ihr eignet Blaach in ihm Blute am schwimm tun un der se selba den Deetz apgeschlaagn hatte. Hömma, de Hexe geriet voll auf Brass, hüppte aussm Fenstaken un da se weit inne vadammte Welt glotzn konnte, eablickte se de Stieftochta, die mit ihrm Liepztn Roland stiftn un flüchtn gehn.

„Hömma, dat soll euch nix helfm", rief se, „au wenna schonn soweit inne Weltgeschichte gezoongn seit, ihr könnt mia nich entomm tun."

Se ströppte ihre Meilnstiefelkes übba, in welchn se mit jeedm Schrittken nen Stündken gutmachn konnte. Ker, et dauaute au nich lange, so hatte se se beide eingeholt. De Schickse abba, wiese de Alte ankommen sah, vawandelte se mittn Zaubastaap ihrn Liepztn Roland innem See, sich selpz abba innem Entken, die mittn aufm See am schwimm wa. De olle Hexe stellte sich anz Uufa, waaf Brootkruum hinein, um dat Entken anzelockn, abba dat Enken wa nich dösich un leiß sich nich lockn, weisse un de Alte musste unvarichtete Dinge na Hause laatschn. Darauf nahm de Schickse mit ihrm geliepztn Roland widda de natüaliche Gestalt an un se laatschtn de ganze Nacht weita biss zum Taagesanbruch. Da vawandelte sich dat Mädken in net töftel Blümken, die mittn inna Doanhecke am stehn wa, seinen Liepztn Roland abba innem Geignspiela. Nich lange, so kam de Hexe widda angepeest un sachte zum Spielmann: „Hömma lieba Spielmann, daaf ich wohl dat töfte Blümken hia brechn?"

„Abba sicha dat", antwoatete er, „hömma, ich will euch dazu aufspieln."

Alze nun mit Hast inne Hecke kroch un dat Blümken zu brechn, denn se wusste wohl, wer dat Blümken wa, so finga an aufzespieln. Un opse wollte oda nich, se musste zu de Mucke anfangn zu schwoofm, denn et wa nen Zaubatanz. Hömma, je

113

schnella er duudelte, desto gewaltrige un mächtigare Sprünge musste se hüppm un de Doanen im Busch rissn se de Plörren vom Leip, bisse nackich dastand un blutich un wund gestochn wa. Da der Spielman nich mittm Geduudl aufhöate, musste se so lange schwoofm, bisse dann tot am Boodn zu liegn kam.
Alz de beidn damit ealöst waan, sachte Roland:
„Getz willich zum Vadda gehn tun un de Hochzeit klaamachn."

„Jau, mamma", sachte dat Mädken, „hömma, ich will inne Zeit hiableibm un auf dich waatn tun un dat mich keina eakenn tut, willich mich innem rootn Kawenzmann von Felsn vawandln, vastehsse!?"

Dann ging ihr Liebzta Roland foat un de Schickse vawandelte sich alzn rootn Stein auffm Felde un waatete auf ihrn Liepztn. Alz Roland abba heim kam, gerieeta inne Fallstricke eina andren Tusse, die et dahin brachte, datta dat schnieke Mädken vagaaß. De aame Schickse stand ne lange Zeit alz rootn Kawenzmann im Felde, abba alz Roland nun gaanich widdakam, wa se sowatt von bedröpplt un vawandelte sich in net Blümken un dachte:
„Ker, irngseina wiad ja ma komm tun un mich kaputt treetn."

Illustration: Otto Ubbelohde 1867 - 1922 (Bild-PD-alt)

Hömma, et truuch sich abba zu, dattn Schääfa auffm Felde seine Schäfkes hüütete un dat Blümken sah, weila et so töfte fant, so braacha et ap, nahm et mit sich mit un leechte se in seinen Kastn. Von der Zeit an ginget innet Schääfas Häusken wundalich zu. Wenna moagns ausse Poofe aufstand, so wa schon alle Maloche getan: hömma, dat Stüübken wa gekeahrt, Tischkes un Bänkskes apgeputzt, dat Feuja auffm Head wa an un Wassa getraagn. Un mitttachs, alza heimkam, wa dat Tischken schnieke gedeckt un töftet Futta aufgetraagn. Ker, da machte er sich´n Kopp, weila et nich begreifm konnte, wie allet zuging, denn er sah niemalz ne Menschnseele in seina Hütte un et konnte sich au keina in sein mickrign Kabachel vasteckn tun, weisse.

Hömma, de guute Aufwaatunk gefiel ihn freilich, abba et wa ihm dochn bissken bange, datta zu eina weisn Olschn ging um se um Raat zu fraagn. De weise Olle sachte zu ihm: „Ja weisse, da wiad nen Zauba dahinta am steckn sein; gibb ma inne Frühe am Moagn acht, op sich innem Stüübken wat am reegn tut un wenne wat sehn tuhs, mach et sein, wat et will, so schmeiß ma wacka nen weisset Tüücksken drübba, dann wiad der Zauba gehemmt, vastehsse!?"

Der Schääfa tat, wat de Olsche ihm sachte un am annan Moagn inne Früh, ebent alz der neuje Tach anbrach un der Lorenz aufging, saahra, wie sich der Kastn auftaat un dat Blüümken hearauskam. Wacka wien Blitz spranga hinzu un waaf dat weisse Tüüchsken drübba. Alzbald wa de Vawandlung det Blüümkes voabei un ne schnieke Schickse stant voa ihm, dat bekannte sich, datse dat Blüümken geweesn wäare un sein Haushalt bishea besoacht hätte. Se eazählte ihm sein Schicksal un weilse ihm so gefiel, fruucha se, opse sich nich voastelln könnte, seine angetraute Madka zu weadn un ihn zu heiraatn,

115

abba se antwoatete: "Nee", denn se wollte ihrm Liepztn Roland nich innem Rückn falln, opwohla se einfach so valassn hatte, ihm jedoch treu bleibm tun; abba se vasprach ihm, datse nich wechgehn wüade un ihm weita de Hausmalooche apnehm wollte.

Hömma, nun kam de Zeit, dat Roland Hochzeit haltn wollte un da et nachm altn Brauch im ganzn Reviea bekanntgemacht wuade, dat sich alle Schicksn einfindn un zu Eharn det Brautpaars trällan solltn. Dat treue Mädken eahrfuhr de Kunde un se waad so traurich, datse meinte, dat ihr dat Heazken im Leibe zeaspringn wüade un wollte nich hingehn tun, abba de andren kam un holten se zu sich bei. Wenn abba de Reihe kam, datse trällan sollte, so trat se imma nen Schrittken zurück, so datse zum Schluß allein übbrich wa, da konntese nich annas un musste ihrn Gesnak zum Bestn geebm. Abba wiese am trällan anfink un ihr Gesank zu Rolands Ööhakes kam, so spranga auf un rief:
„Ker, dat Stimmken kennich doch, dat is meine rechte Braut, ne andre willich un begeahr ich nich."

Hömma, denn allet wat Roland vagessn hatte un ihm aussm Sinn vaschwundn wa, wa widda in seinem Heazken gekomm. Da hielt de treue Schickse Hochzeit mit ihrm Liepztn Roland un ihr Leid wa zu Ende un et fing de Freude an.

ENDE

116

Der Räubabräutigam

Hömma, et wa eima nen Mülla der hatte ne schnieke Schickse zua Tochta, weisse. Alzse hearangewachsn wa un ne Frau waad, so wünschta sese, se wäare bald gut vasoacht un vaheiratet: denn er dachte hömma: „wenn nen oantlicha Freija komm tut, um umse anzehaltn, so willich se ihm mit anne Pootn geebm." Ja hömma, nich lange danach kam son Freija umme Ecke, der schien nen richtiga Krösus zu sein un da der Mülla nix an dem Keal auszustzn hatte, so vaspraacha ihm seine Tochta anne Backn. De Schickse hatte ihn abba nich so recht liep un inz Heazken geschlossn, so wie ne Braut ihrn Bräutigam inz Heaz schließn tut, weisse, denn se hatte nich so richtich Vatraun in dem Seega: denn sooft se ihn anglozte oda an ihn dachte, fühlte se Graun in ihrem Heazken. Eima spraacha zu se:
„Ey Olle, du biss do meine Braut un besuuchs mich nich ma. Warum dattn nich?"

De Schickse antwoatete ihm:
„Wohea sollich'n wissn, wo dein Häusken am stehn tut?"

Da spraach der Brutigam:
„Ja weisse nich? Mein Häusken is draussn im Wald am stehn."

De Schickse suuchte weita nach Ausreedn un meinte, se könnte den Weech dahin nich finden tun, abba darauf schte der Seega:
„Ker, am näästn Sonntach musse abba ma de Kackstelzn inne Flossn nehm un zu mich hinaus komm machn. Hömma, ich hap schon ne Menge Gäste gelaadn un damitte den Weech duachn dunklen Wald au am findn machs, so willich dich da ma Asche hinstreun tun."

Alz dann der Sonntach kam un sich de Schickse auffm Weech machn sollte, waad ihr so angst nun bange ummen Zinkn, se wusste zwaa selpz nich recht, warum. Un damit se den Weech bezeichnen konnte, um au widda na Hause zu gelangn, steckte se sich de beidn Taschn volla Eabsn un Linsn. Am Eingang det Waldes wa schonn Asche gestreut, der ging se nach, waaf bei jeedm Schrittken den se machte, rechts un links nen paar Eabsn un Linsn auffm Boodn. Ker, se laastchte fast nen ganzn Tach, bisse mittn innen Wald hinein kam, da woha am dunkelstn wa, weisse. Hömma, da stand dann son einsamet Häusken, dat gefiel ihr nich, denn et kam son olln Kottn gleich, weisse. Se trat hinein, abba kein Aasch wa da hömma un et heaaschte de größte Stille.

Illustration: **Walter Crane** 1845 - 1915 (Bild- PD-alt)

Plötzlich rief ne Stimme:
„Kehr um, kehr um, du junge Tusse,
du biss inne Möadabude, weisse."

118

De Schickse blickte auf un sah, dat de Stimme vonnem Vögelken kam, der da in nem Baua anne Wand am hängn wa. Nomma riefa:

> „Kehr um, kehr um, du junge Tusse,
> du biss inne Möadabude, weisse."

Da ging de schnieke Schickse weita aussm Stüübken inz näste un laatschte duachs ganze Häusken, abba allet wa leer un keine Aasch wa zu findn.

Hömma, entzlich kamse innem Kella, da hockte ne tüddlige steinalte Olle, se wacklte imma mittn Kopp un trällate.

Da sachte de Schickse zu se:

„Ker, kannze mich saagn machn ob mein Bräutigam hia am wohn tut?"

„Ach nee, du aamet Kind", sachte de Alte, „wo bisse nua hingeraatn! Ker weisse, du biss inne Möadagruube geraatn. Hömma, du meinz, du wäas ne Braut, die bald Hochzeit machn tut, abba puupmschmatzn, du wias de Hochzeit mittn Tode haltn. Kumma, siehsse da! Da habbich n′ großn Kessl mit Wassa aufsetzn müssn, hömma, wennse dich inne Gewalt haabm, so weadn se dich ohne Baamheazichkeit zeahackn, dich kochn un futtan dich auf, denn et sin Menschnfressa, weisse. Ker, wennich nich Mitleit mit dich haabm tu, so bisse valoan, vastehsse?!"

Hömma, daraufhin füahrte de Alte se hinta nen großet Fäßken, wo man se nich seehn konnte.

„Sei ma ganz stikkum hömma", sachte de Alte, „tu dich ma nich reegn un beweegn, sonz isset um dich gescheehn, vastehsse!? Hömma, Nachtz wenn de Räubas am ratzn sin, wolln wa de Biege machn, ker ich hap schonn lang auf sonne Gelegnheit gewaatet."

119

Kaum ausgequtscht, kam au schon dat gottlose Gesockz na Haus. Se hattn ne andre Tusse mitgeschleppt, waan total betüüdelt un höatn nich auf dat Schreien un Lamentiern vonne Schnäpfe. Se gaabm ihr Fuusl zu süppln, drei Gläskes voll, ein Gläsken weissn, ein Gläsken rootn un ein Gläsken gelbm, hömma davon zeasprank ihr Heaz. Darauf zarissn se ihr de schniekn Fummel vom Leip, leechtn se aufs Tischken, zeahacktn ihrn töftn Köapa in Stückskes un streutn Sallek drübba. De aame Braut hintam Fäßken zittate wie Espmlaup, denn se sah wohl hömma, wat füan Schicksal ihr de Räubas zugedacht hattn. Eina von ihnen bemeakte an dem kleinen Fingaken der Gemoadetn nen goldnen Ring am steckn un alza sich nich gleich apziehn ließ, so nahma nen Beil un hackte dat Fingaken ap; abba der Griffl sprang inne Höhe übba dat Fäßken hinwech un fiel der Braut graadezu innem Schooß. Der Räuba nahm ne Latüchte un wollte den Ring suuchn machn, konnte ihn abba nich findn tun.

Da quatschte nen andra vonne Räubas:
„Ey Pannekopp, hasse schon hinta dat große Fäßken geglotzt?"

Abba de Alte rief wacka:
„Komma bei mich bei, dat Futta is feddich, eßt un laß dat Suuchn sein, dat kannze moagn au noch machn tun: dat Fingaken läuft euch ja nich wech, nä."

Da spraachn de Räubas:
„Jau, de tüddlige Alte hat wahr, kommt un last unz spachtln."

Da ließn se dat Suuchn un pfleetzn sich zum futtan anz Tischken. De Alte abba tröppelte ihnen nen Schlaftrunk innen Fuusl, dat se sich alzbald im Kella hinleechtn, einratztn und am schnaachn anfingn. Alz de Braut höate dat de Räubas am penn

120

waan, schlich se voasichtich hintas Fäßken heavoa un musste übba de schnaachndn wechschreitn, die da reignweise auffm Boodn am ratzn waan, se hatte mächtich Schiß inne Büx, datse ein aufweckn könnte. Abba allet ging gut, Gott half se, datse glückslich duachkam. De Alte stiech mit ihr aussm Kella hinauf, machte de Tüare offm un se eiltn so wacka se konntn, ausse Möadagruube davon. De gestreute Asche hatte der Wind abba schonn voatgeweht, abba de Eabsn un Linsn hattn gekeimt un waan aufgegangn un zeichtn im Mondschein den Weech. Hömma, se laatschtn de ganze Nacht, bisse moagns inne Mühle ankamen. Da quatschte de Schickse ihrm Vadda den ganzn Schisselameng aus, allet wat sich zugetraagn hatte, weisse.

Alz der Tach kam, wo de Hochzeit gehaltn weadn sollte, easchien der Bräutigam, der Mülla abba hatte alle seine Kumpls un Vawandte um sich vasammlt. Wiese bei Tische saaßn, waad ein jeedm aufgegeebm, irngswat zu labm. De Braut saaß ganz stikkum un quatschte nich. Da sachte der Bräutigam zure Braut:
„Hömma mein Heazken, weisse nix am eazäähln? Komm, samma wat." , se antwoatete:
„Hömma, ich will dich ma nen Träumken eazäähln tun. Ich laatschte allein duachn Wald un kam entzlich an sonnen Kabachl, da wa abba kein Aasch drinnen, abba anne Wand wa nen Vögelken innem Baua, der rief:
„Kehr um, kehr um, du junge Tusse,
du biss inne Möadabude, weisse."

Un der rief et nomma. Mein Schätzken, dat träumte mich nua, weisse. Da ging ich duach alle Stüübkes un Kabüffken, abba alle waan leer un et wa so unheimlich darin; dann stiech ich

hinap innen Kella, da saaß ne oll tüddlige Alte un wacklte imma mittn Kopp. Ich fraachte se: op mein Bräutigam hia hausn wüade un se antwoatete nua:
„Ach ker, aamet Kind, du biss inne Möadagruube geraatn. Dein Bräutigam is hia am hausn machn, abba er will dich apmuaksn, zeahackn, kochn un dich auffuttan tun, vastehsse."

Ach, mein Schätzken, dat träumte mich nua, weisse. Abbe de oll Matka hatte mich hinta nen mächtige Fäßken vasteckt un kaum wa ich vaboagn, so kam dat Räubagesindl total betüüdelt heim un schlepptn ne Tusse mit sich, der gaabm se dreijalei an Fuusl zu süppln, weißn, rootn un gelbm un davon zeasprank ihr Heazken. Ach ker mein Schätzken, dat träumte mich nua. Daruaf hin rissn se ihr de töftn Fumml vom Leip, zeahacktn se in Stückskes un bestereutn se mit Sallek. Ach mein Schätzken, dat träumte mich nua. Un eina vonne Räuba sah, dat am Fingaken nochn golda Ring steckte un weila ihn nich apziehn konnte, so nahma n´ Beil un hiep ihn einfach ap, abba dat Fingaken spank inne Höhe un waad mir hintam Fäßken aufm Schooß gefalln. Un da is dat Fingaken mittn Ring."
Hömma, bei diesn Woatn zoochse den ausse Schüaze heavoa un zeichte ihnen alln Anweesndn.

Der Räubabräutigam, der beie Eazählunk weiss wie ne Kalkwand gewoadn wa, sprang auf un wollte sich vapissn, abba de Gäste hieltn ihm fest am Schlawittchen un übbafüatn ihn den Gerichtn. Da waad er nun un seine vadammtet Räubagesockz füa alle Schandtaatn bestraaft un aufgeknöppt.

ENDE

Der Wolf un der Mensch

Hömma, et wa eima nen Fucks, der eazählte dem Wolf eima vonne Stääke det Menschn un dat ihn kein Viech auffe ganzn Welt widdastehn könnte un datse nua mit viel List voa ihm am leehm bleim. Da antwoatete der Wolf:
„Ker, wennich nua eima nen Menschn voare Klüüsn bekomm wüade, dann wüade ich auf dem losgehn un ihn alle machn."

„Weisse wat Wolf," sachte der Fucks, „dabei kannich dich helfm machn, komma moang früh bei mich bei, so willich dich ein Menschn zeign tun."

Der Wolf laatschte also inne Frühe zum Fucks un der brachte ihm hinaus auffm Weech, dem ein Jääga alle Taage daheaging. Hömma, zueast kam abba son apgehalfteta Soldaat det Weechs voabei un der Wolf fuuch:
„Ey hömma Fuckz, is dattn Mensch?"

„Ker nee" sachte der Fuckz, „dat is ma eina geweesn, weisse."

Danach kam son kleena Stöppke dahea, der inne Penne gehn wollte un der Wolf widda:
„Hömma, is dattn Mensch?", fruuch der Wof eaneut.
„Ker nee, dat is noch keina, der will ma eina weadn, weisse", antwoatete der Fucks.
Entzlich, nach langa Zeit kam der Jääga dahea, de Dopplflinte auffm Buckl un den Hiiaschfänga anne Seite. Da sachte der Fuckz zum Wolf:
„Kumma doat, da kommt n´ Mensch, auf den musse loosgehn tun, ich will mich abba wacka in meine Höhle vapissn, man weiss ja nie, vastehsse."

Illustration: **Otto Ubbelohde** 1867 - 1922 (Bild-PD-alt)

Hömma, da ging nun der Wolf kapaaftich auffmm Menschn los, der Jääga abba, alza den olln Wolf eablickte, sachte sich: „Ker, wattn Schisselameng, dat ich keine Kuugl inne Flinte hap." Er leechte an un schoß den Wolf dafüa ne Ladunk Schroot inne Fresse. Der Wolf vazooch de Gosche gewaltich, doch er ließ sich nich apschreckn un ging weita voawäatz auffm Jääga los. Hömma, da gaap ihm der Jääga ne zweite Laadunk un der Wolf vabiss den Schmeaz un rückte dem Jääga weita auffe Pelle: da zooch diesa seinen blankn Zachl, wat der Hiiaschfänga wa, un gaap ihn linkz un rechtz nen paar Hiebe, so dat der Wolf, übba un übba am bluutn dranne wa un mit mächtign Geheul zurück zum Fuckz eilte.

„Na Bruuda Wolf", sachte der Fucks, „hömma, wie bisse mittn Menschn feddich gewoadn? Hasse dem die Hammlbeinkes lang gemacht, oda wat?"

„Ach ker hömma", antwoatete der Wolf, „so habbich mich de Stääke det Menschn abba nich voagestellt, weisse. Hömma, zueast nahma nen Knüppl vom Buckl un bließ hinein, ker, da flooch mich irngswat inne Fresse, dat hat mich umme Muhle ganz entsätzlich gekillat: danach hatta nomma innen Knüppl geblaasn, da flooch et mich wie Blitz un Haaglwetta ummen Zinkn un alz ich dann ganz nah annem Menschn dranne wa, da zoocha doch ne blanke Rippe aussm Leip, damit hatta so auf mich eingeschlaagn, dat ich beinahe tot am Boodn liegn bliep, vastehsse!?"

„Siehsse", sachte der Fucks, „watte füan Praahlhanz an sein biss: hömma, du wiafs dat Beil so weit, datte et nich widdaholn kannz."

ENDE

De zwölf Jäägas

Et wa eima nen Könichssohn, der hatte ne töfte Braut anne Flosse un hatte se mächtich liep. Alza nun bei se saaß un gut drauf wa, da kam de Nachricht, dat et sein Vadda ganz schön kodderich ging un er steamskrank inne Poofe läge un diesa ihm voa sein apkratzn nomma zu sehn valankte.

Da quatschte er zu seina Liepztn:
„Ker hömma Schnubbi, ich muss mich wacka auffm Weech machn, mein Alta is am krepiean, kumma hia habbich nen Ring zu mein Andenkn füa dich. Abba wennich Könich sein tu, dann kommich dich holn machn.“

Hömma, da ritt der Prinz foat un alza bei sein Vadda angelankte, wa diesa steamskrank un dem apnippln nahe. Un der Könich spraach zu ihm:
„Hömma mein liepzta Sohn, ich hap dich voa mein Ende nomma sehn wolln, vasprich mich abba nackent inne Hand, datte dich nach mein Willn vaheiraatn tuhs“,

un nannte ihm ne gewisse Könichstochta, dieja ehelichn un zu seina Gemalin nehm sollte. Ker, dat hat dem Bengl abba nich gefalln un er wa so bedröppelt drauf, datta sich gaanich bedachte un drauf los quatschte:
„Ker Vadda“, sachte der Prinz, „wat dein Wille is, soll geschehn tun.“

Darauf hin vaschloss der Könich seine Klüüsn un gaap den Löffl ap. Alz nun der Sohn zum Könich ausgeruufm un der Trauaazeit vastrichn wa, musste er dat Vasprechn haltn machn, watta sein Vadda gegeehm hatte. Er ließ also umme besachte Könichstochta weabm machn un se waad ihm au zugesacht.

126

Ker, dat höaate abba au seine easte Braut un wa brassich darauf, se gräähmte sich übba de Untreue ihret Liepztn so sehr, datse am plärren anfing. Dat bekam ihr Vadda mit un sachte: „Ja ker, mein liebet Kind, wat bisse denn so beröpplt? Watte dich au wünschzt, dat sollze et haabm machn."

Se bedachte un übbaleechte sich nen Aungblick un sachte: „Ey Vadda hömma, ich wünsch mich elf Tussis, von Angesicht, Gestalt un Wuchs meina eina völlich gleich."

Da antwoatete der Könich: „Hömma mein liepztet Töchtaken, wennz mööchlich is, sollz dein Wunsch sein tun"

un lies im ganzn Reviea det Ruhrpotts so lange suuchn machn, biss alle elf Jungfraun gefundn un die seinem Töchtaken von Angesicht, Gestalt un Wuchs völlich gleich waan.
Alz de Schicksn zuare Könichstochta kamen, ließ se zwölf Jäägaklamottn anfeatign machn, jeeda Fummel wie der andre, weisse un de elf Jungfraun musstn sich de Plörren anströppm un se selpz zooch sich dat zwölfte übba.
Darauf hin nahmse Apschied von ihrm Vadda un ritt mitte elf Schicksn zum Hof ihret ehemalign Bräutigams, den se doch so sehr liepte. Da fruuchse dann an, oppa nich Jäägas bräuchte un oppa se nich alle in sein Dienzt nehm wollte.

Hömma, der junge Könich sah se an, abba eakannte se nich; weil et abba alle so schnieke Leutz waan, willichte er ein un sachte, datte se nehm wollte; un so waan de zwölf Tussn getz Jäägas det jungn Könichs. Der Könich abba hatte nen Lööwn, ker, wa dattn wundalichet Vieh, sarrich dich, denn der wusste allet Vaboagene un Heimiche aussm ganzn Reich.

127

Illustration: **Otto Ubbelohde** 1867 - 1922 (Bild-PD-alt)

Et truuch sich abba einet aahms zu, dat der Lööwe zum Könich quatschte un sachte:
„Ker, mein Könich, du meinz, du hättz da zwölf Jäägas, woll."

„Jau", antwoatete der Könich, „genau, zwölf sinnz anne Zahl."

Da quatschte der Lööwe weita:
„Ker hömma, du irrst dich, et sin nich zwölf Jääga, et sin zwölf Schicksn."

„Ach, dat is nich wahr hömma. Wie willze dattn beweisn tun?", antwoatete der Könich.
Da spraach der Lööwe:
„Weisse wat? Lass domma nua Eabsn in dat Voazimma streun machn, dann wiasse et sehn tun. Keale haabm nen festn Tritt, wennse übba Eabsn laatschn, abba Schicksn, se tippln un trappln un schluafm un de Eabskes fang am rolln an."

128

Hömma, der Rat gefiel dem Könich recht gut un ließ de eabsn streun machn. Ker hömma, et wa nen Lakai det Könichs den Jäägas abba gut angetan un wieja hööate, datse auffe Proobe gestellt weadn solltn, ginga zu se hin un quasselte ihnen allet widda un sachte:
„Wissta wat? Der Lööwe will den Könich weissmachn tun, datta keine Jäägas, sondan nua Schicksn wäat."

Da dankte ihm de Könichstochta un sachte zu de Jungfraun: „Tut euch ma Gewalt an, wenn wa zum Könich geruufm weadn un laatscht feste auffe Eabsn rum, der Könich will unz auffe Proobe stelln machn."

Alz nun der junge Könich am andren Moagn de zwölf Jäägas zu sich riefm ließ un se inz Voazimma eintraatn, wo de Eabskes laagn, so trammpeltn se feste drauf rum un hattn nen sichren un staakn Gang an sich, dat au nich nua eine Eabse wechrollte oda sich beweechte, weisse. Alz de Jäägas widda foatlaatschtn, sachte der Könich zum Lööwn:
„Ey hömma, du olla Lööwe, du hass mich angeflunkat, se gehn wie Keale un nich wie Schicksn. Nich eine Eabse is davon gerollt, alle sin platt."

„Ker, mein Könich, dat müssn se gewusst haabm, datse auf Proobe gestellt wuadn un hamm sich Gewalt angetan, vastehsse!?" Lasst domma zwölf Spinnräädas inz Voazimma bringn tun, se weadn heazukomm un mächtich Späsckes dranne haabm, denn dat tut ja kein Keal, weisse!?",
antwoatete der Lööwe.

Ker hömma, dem Könich gefiel der Rat un ließ de zwölf Spinnrääda im Voazimmaken aufstelln machn. Der Lakai abba, der allet mitbekam un et mitte Jäägas redlich meinte, ging widda hin un vatellte ihnen den Anschlach auf de Jäägas.

Da sachte de Könichstochta zu de elf Schicksn, alzse widda allein waan:

Hömma Määdels, tut euch nomma Gewalt an un glotzt euch beim Könich nich nache Spinnräädas um, man will unz widda auffe Proobe stelln tun."

Wie nun der Könich am andren Moagn de zwölf Jäägas zu sich ruufm ließ, so kamen se duachet Voazimma un saahn de Spinnräädas east gaanich an un taatn so, alz op de Dingas da nich stehn wüadn, weisse.

Da spraach der Könich widdarum zum Lööwn:

„Hömma Lööwe, du hass mich widda veagageijat, et sin Keale un keine Weiba, denn se ham de Spinnrääda gaanich angeglotzt."

Der Lööwe antwoatete:

„Ker, ker, dat müssn se gewußt haabm, datse auffe Proobe gestellt weadn un ham sich widdarum Gewalt angetan un de Dinga nich angeglotzt."

Hömma, seit der Zeit an wollte der Könich dem Lööwn abba nich mehr glaubm tun un er wa bei ihm unten duach.

De zwölf Jääga abba folchtn dem Könich beständich zua Jacht un er hatte se, je länga se bei ihm waan, desto lieba, vastehsse!? Nun geschah et, dat, alze eima auffe Jacht waan, ne Nachrich kam, dat de Braut det jungn Könichs im Anzuch wäare. Wie de rechte Braut dat hööate, tat et ihr so weh, dat et fast ihr Heazken zeasprenkte un se im oohnmächtich auffe Eade fiel. Der junge Könich abba meinte, dat seinen lieem Jääga irngswat begeechnet sei, lief wacka hinzu, wollte ihm

130

helfm machn un zooch ihm de Handpuuschn aus. Da eablickte er den Ring am Griffl, deena seina eastn Braut zu Gedenkn übbageebm hatte un alza dem Jääga genau inne Fratze glotzte, eakannta de rechte Braut. Ker hömma, da waad sein Heazken so gerüaaht, datta se apknuutschte un alz se de Glubschas aufschluuch, sachte er zu se:

„Hömma, du biss mein un ich bin dein un keine Menschnseele auffe ganze vadammte Welt kann et ändan, datte meine rechte Braut biss."

Hömma, zuare andren Braut abba schickte er nen Bootn un ließ se bittn tun, datse widda in ihr Reich zurückkeahrn sollte, denn er habe schon eine Gemahlin un wea nen olln Schlüssl widdagefundn habe, bräuchte somit den neujen nich.
Darauf waad Hochzeit gehaltn un dat ganze Ruhr-Reviea feijate ne töfte Hochzeitzpaddy, et wuade geschwooft auf Deibl komm raus un der olle Lööwe kam au widda in Gnaade, weila ja doch de Waaheit gesacht hatte.

Un de Moral vonne Geschicht:
traue nie, nen Könich nicht,
der dich'n Ring zua Poote schänkt
un späta anne andre denkt.
Is de neuje dannoch seine Braut,
muss man sehn, dat man weitaschaut,
dat sich de andre wacka vapisst
un selpz widda Gemahlin ist.

ENDE

Dat kluuge Greetken

Hömma et wa eima ne Köchin, se hieß Greetken un se truuch imma roote Schühkes mit Apsätze, wennse damit auf Trallafitti ging, so drehte se sich imma hin un hea, wa imma ganz gut drauf un dachte: „Ker, wat bisse ne schicke Schickse."
Un wennse aahms na Hause kam, so süppelte aus Frööhlichkeit n´ Gläsken von den billign Fuusl vom Aldi un weila se große Lust auf Futtan machte, so vasuuchte se dat Beste zu kochn, wat se machn konnte un se kochte sich so lange wat, bisse satt wa un spraach:
„Ja hömma, ne Köchin muss ja wohl wissn tun, wie nen Essn schmeckt, woll!"

Einet Tachs truuch et sich zu, dat der Herr zu Greetken sachte: „Greetken, heut aahmt kommt´n Gast, seh ma zu, datte zwei Hühnkes töfte zu wohl richtes."

„Jaa nee, geht klaa, Herr, dat willich machn tun!", antwoatete Greetken.
Nun staach se de Hühnkes ap, brühte se, ruppte se, steckte se auffm Spieß un brachte se, wie et geegn aahmt ging zum Feuja, damit se richtich schön knusprich braatnn solltn. Dat Feedavieh fing an braun un gaa zu weadn, abba der Gast wa nonnich da.
Da rief dat Greetken den Herrn:
„Ker nee, mein Herr, kommt der Gast heute nich, oda wat? so mussich de Hühnas vom Feuja tun, is abba eingslich nen Schisselameng, wennse nich bald gefuttat weadn, wose doch im bestn Saft am sein tun"
un der Herr antwoatete:
„Da hasse wahr, so willich ma wacka, um den Gast selpz holn zu machn."

Alz der Herr ihr den Buckl gekeahrt hatte, leechte Greetken den Spieß mitte beidn Hühnkes beiseite un dachte sich: „Ker, solange da beiem Feuja zu stehn, da fängze am ööln an un et macht duastich, wea weiß, wannse komm tun; deaweil hüpp ich ma wacka runna im Kella un tu mich´n Schlücksken."
Greetken lief hinap, setzte den Kruuch am Halz un spraach: „Gott geseechnetz dich, Greetken" un tat n´mächtign Zuch. „Ker, der Wein hängt annenanda", sachtse weita, „un da is nich guut apbrechn, vastehsse"

Illustration: **Otto Ubbelohde** 1867 - 1922 (Bild-PD-alt)

un tat nochn weitren eansthaftn Zuch aussm Kruuch.
Nun gingse un stellte de Hühnkes widda anz Feuja, bestrich se mit Butta un drehte am Spieß hearum.

Hömma, weil der Braatn so gut roch, dachte Greetken: „Ker nee, et könnt ja wat am fehln sein un vasuucht mussa auma weadn!" Se puuhlte un schleckte mitte Griffl un spraach: „Ker, wat sin de Hühnas töfte; et is ja ne Sünd un Schand, dat man se nich gleich schnabbulieat un futtat."

Dann lief se zum Fenstaken un glotzte ob der Herr mittm Gast nonnich käme, abba se sah keine Sau; stellte sich widda zuare Hühnkes un dachte: „Ker, dat eine Flügelken is am vabrenn dranne, bessa is, ich futta dat ma." Also schnitt se ihn ap un veaspachtelte ihn. Ker un wie er ihr schmeckte hömma un wiese damit feddich wa dachte se: „Ker, der andre muss au ap, sonz meakt der Herr, dat wat am fehln tut."

Wiese de beidn Flügelkes vaputzt hatte, gingse widda zum Fenstaken um zu sehn, op der Herr mittm gast am komm is, abba sah ihn nich un dachte: „Wer weiß, opse übbahaut am kommen tun, villeicht sin se eingekeahrt un knülle.", dadachte se un spraach:
„Ach, Greetken, sei guta Dinge, dat eine is schonn angeriffm, tu nomma nen frischn Trunk un futta et vollentz auf, wennz alle is, hasse Ruhe, nä; warum soll de gute Gottesgaabe denn umkomm tun?"

Also wetztese nomma wacka im Kella, tat'n mächtign Zuch aussm Kruuch un futtate dat eine Hühnken auf. Wiese et veaspachtelt hatte un der Herr nonnich kam, glotze Greetken dat zweite Hühnken an un spraach:
„Ja hömma, wo dat eine is, mutt dat andre au sein tun, de zwei gehöan ebent zusamm; wat dem einen recht is, is dem andren billich; ich glaup, wennich nochn Schlücksken tu, so sollz mich nich schaadn, weisse."

Se lief also wacka runna im Kella un tat nen heazhaftn Zuch un ließ dann dat zweite Hühnken widda zurem andren laufm.
Wiese mittm Essn feddich wa, kam der Herr na Hause un rief: „Greetken, mamma wacka hinne, der Gast is gleich am kommen tun."

„Jau, mein Herr, willet schonn richtn", antwoatete Greetken.

Der Herr sah indessn, ob dat Tischken wohl gedeckt sei, nahm den großn Zachl, womitta de Hühnkes zuschneidn wollte un wetzte et auffm Gang. Indem kam der Gast, er kloppte anne Tüa un Greetken lief um zu sehn wea da is un alzse den Gast sah, hielt et den Griffl anne Schnüss un sachte:
„Sch... still, still, mamma wacka datte Land gewinnz, ker, wenn Euch mein Herr eawischn tut, bisse unglückslich, weisse; er hat Euch zum aahmtessn, gelaadn, abba er hat nix andret im Sinn, alz Euch de beidn Lauscha apzeschneidn. Hömma, wieja schon den Zachl dazu am wetzn is."

Der Gast hööate dat Wetzn, nahm wacka de Porreepiepm inne Poote un wetzte davon.
Greetken nich faul un lief pläärent zum Herrn un rief:
„Ker, nee, da happta Euch abba nen schöön Gast eingelaadn!"

„Warum dattn Greetken? ker, wat meinze damit?",
antwoatete der Herr.

„Jaa", sachte se," der Seega hat mich de beidn Hühnkes, die ich ebent auftraagn wollte, schwuppdiwupp vonne Schüssl stebitzt un hat sich vapisst."

„Ker, wat is dattn füa ne Weise hömma, dat geht gaanich",

sachte der Herr un et waad ihn leid umme lekkren Hühnkes, „wenna mich doch wenichstenz einz gelassn hätte, damit mia wat zum futtan geblieeem wäare", sachte der Herr.

Er rief ihm nach, er solle bleibm wo der Deibl is, abba der Gast tat, oppa dat nich hööate. Da liefa hinta ihm hea, imma noch mittm Zachl inne Flosse un schrie:

Illustration: **Otto Ubbelohde** 1867 - 1922 (Bild-PD-alt)

„Nua einz, bitte, nua einz" un meinte, der Gast sollte ihm nua ein vonne Hühnkes zu lassn un nich beide nehm tun; abba der Gast dachte nix andret, alz er solle ihm einz seina Lauscha heageehm un lief, alz wenn ihm Feuja unta de Fott gemacht wüade, damitta de beidn Ööakes heile heimbrächte.

ENDE

Hänsken heiraatet

Et wa eima nen junga Baua, der Hänsken hieß un dem wollte sein Vetta geane ne reiche Olle weabm tun. Da setzte er Hänsken hintam Oofm un ließ gut einheizn machn. Dann hoolte er nen Topp Milch unne Menge Weißbroot, gaap ihm nen neugemünztn glänznden Heijamann inne Poote un sachte: „Hömma Hänsken, den Heijamann halt ma fest un dat Weißbroot, dat tu ma inne Milch bröösln un bleip da am sitzn, biss ich widdakomm, nä."
„Jau, dat marrich", sachte Hänsken.

Illustration: **Otto Ubbelohde** 1867 - 1922 (Bild-PD-alt)

Nun zooch der Weaba ein paar olle Buxen an, laatschte inz andre Döafken zu ner reichn Bauastochta un spraach zu se: „Ker, wollta nich mein Vetta dat Hänsken heiraatn machn? Ihr kricht nen töftn un gescheitn Seega, der Euch gefalln wiad."
Da fraachte der geizige Vadda vonne Olln:
„Ker samma, wie siehtz'n mittn Vamöögn aus? Hatta Güüta un au wat auffe Tasche?"

„Hömma Kumpl", antwoatete der Weaba, „mein junga Vetta sitz mitte Fott waam, hat nen schöön Fennich auffe Flosse un

137

kann ein wat am bieetn tun, weisse. Er sollte au nich weniga Güüta zäähln alz ich" un schluuch sich auffe olle Büx. „Wollta Euch nich ma de Mühe nehm un mit mia hingehn, so soll Euch zua Stunde gezeicht sein, dat allet so is, wie ich et dich sach."

Der olle Geizhalz wollte de Geleegnheit beim Schopfe packn un sachte dem Weaba:
„Jau, wennet so is, habbich nix geegn ne Heiraat, weisse, nä."
Nun waad de Hochzeit an nem bestimmtn Tach gehaltn woadn un alz de junge Ollsche mit ihm inz Feld gehn, um de töftn Güüta det Bräutigams zu beglotzn, so ströppte Hänsken eastma seine sonntäächlichn Plörren aus un den olln Kittl an un sachte:
„Weisse, ich könnt mich ja de guutn Klamottn vasaun, woll."

Da laatschtn se zusamm inz Feld un wo sich auffm Weech der Weinstock apzeichnete, oda de Äcka un Wiesn apgeteilt waan, deutete Hänsken mittm Griffl un schluuch nen mächtign un klein Teil seinet Kittls ap un spraach:
„Kumma, dat sin meine Güüta un au deine mein Schätzken, kuckse dich ruhich an" un wollte damit nua saagn tun; de Alsche soll nich weit inz Feld glotzn, sondan auf sein Kittl, denn dat wäar allet, watta am Aasch hätte.

„Hömma, biss au auffe Hochzeit geweesn?"
„Jau, da binnich au geweesn hömma, un dat im volln Autfitt, weisse. Mein Koppschmuck wa von Schnee, da kam der Lorenz raus un er schmolz mich wech; mein Fummel wa aus Spinnweeb, da kam ich duache Doanen un se rissn mich ap; meine Puuschn waan aus Glaas, da stieß ich voam Steinke, da sachtn se klink! un waan im Aasch."

ENDE

138